Susann Englert

Herzgefühl

Roman

Impressum

Bibliografische Information der Deutschen Nationalbibliothek:
Die Deutsche Nationalbibliothek verzeichnet diese Publikation in
Deutschen Nationalbibliografie; detaillierte bibliografische Daten
im Internet über http://dnb.dnb.de abrufbar.

Herstellung und Verlag: BoD – Books on Demand, Norderstedt
ISBN: 978-3-7557-8297-1

Werden sich zwei vertraute Menschen fremd,
kann das Gefühl des Herzens
zwei fremde Menschen zu Vertrauten machen.

Kapitel 1

„Hat er dir am Telefon schon irgendetwas gesagt?", wollte Christoph von Mia wissen. Sie schüttelte den Kopf und lehnte sich an das große Panoramafenster der Pizzeria. Luigi, der Inhaber des Lokals, forderte die beiden auf, am heutigen Tag vorbeizukommen. Die zwei Freunde arbeiteten seit über drei Jahren in dem, in der Aschaffenburger Innenstadt liegenden, Ristorante. Durch die Arbeit entwickelte sich erst jene Freundschaft, die keiner der beiden je wieder zu verlieren bereit war. Seit längerem aber gab es für Christoph und Mia keinerlei gemeinsame Arbeitstage mehr. Die Corona-Pandemie hatte die Welt lahmgelegt. Es folgten Lockdowns und geschlossene Geschäfte. Ab und an halfen die zwei Freunde im Wechsel beim Abholservice und waren stets froh darüber, nicht den ganzen Tag, ohne Aufgaben zu absolvieren.

„Denkst du, Luigi hat gute Nachrichten für uns?", fragte Mia.

„Die Frage würde ich ja gerne bejahen, aber am Telefon wirkte er nicht übermäßig euphorisch.", gab ihr Christoph zur Antwort und rückte dabei seine Brille zurecht. Der 34-Jährige besaß diesen Tick vorrangig, wenn er nervös zu sein schien.

Ihre Mutmaßungen wurden unterbrochen, denn ihr Chef erschien im Inneren des Lokals und schloss die Eingangstür auf.

„Ciao Luigi.", begrüßten ihn beide im Chor.

„Ciao Mia. Ciao Christoph. Vieni dentro.", hieß er sie willkommen und forderte zum Hereinkommen auf.

Mia und Christoph liefen an die Theke und setzten sich auf die dort mit rotem Leder überzogenen Barhocker. Luigi stellte sich dahinter, legte einen Stapel Akten beiseite und richtete sich an die beiden.

„Was möchtet ihr trinken?", fragte er in italienischem Akzent.

„Ich nehm ein Ginger Ale, bitte.", gab Mia zur Antwort.

„Für mich bitte eine Cola.", erwiderte Christoph.

Mit dem Herausgeben der Getränke ließ Luigi einen tiefen Seufzer von sich. Mia und Christoph war schier bewusst, dass es keine positiven Nachrichten für sie gab.

„Okay Luigi, warum sind wir heute von dir bestellt worden?", fragte Mia frei heraus.

Luigis Blick wurde ernster und seine Mimik nahm beinahe traurige Züge an. Er stieß einen weiteren tiefen Seufzer aus, ehe er auf die Frage antwortete. Dieser steigerte auch die Unsicherheit von Christoph und Mia.

„Euch beiden ist selbst bewusst, dass derzeit schwierige Zeiten herrschen.", begann er leise vor sich hinsprechend. Mia und Christoph nickten zustimmend, woraufhin Luigi nochmals tief seufzte.

„Es ist sinnlos, weiter drumherum zu reden. Ihr beide seid wunderbare Mitarbeiter für mich gewesen. Die Gäste mochten euch und ich konnte mich stets auf euch verlassen." Er senkte den Kopf, als wolle er den beiden nicht in die Augen sehen.

Bereits nachdem das Wort *gewesen* ausgesprochen war, wussten Mia und Christoph, dass sie nun nicht weiter die Angestellten von Luigi sein würden. Sie schauten einander kurz mit wehmütigen Blicken an, ehe sie sich wieder an ihren, ab jetzt ehemaligen, Chef richteten.

„Das bedeutet dann wohl, du musst schließen?", fragte ihn Christoph direkt.

„Ja, das bedeutet es. Ich kann die derzeitige finanzielle Lage nicht mehr stemmen.", gab er niedergeschlagen zur Antwort. „Ich habe es versucht, aber es geht nicht mehr.", fügte er hinzu.

„Du musst dich vor uns nicht rechtfertigen, Luigi.", entgegnete Mia sanft und warf ihm einen mitfühlenden Blick zu.

„Es tut mir trotzdem sehr leid."

„Uns auch.“, gaben Mia und Christoph gleichzeitig von sich.

Christoph drehte sich mit dem Rücken an die Theke und stützte seine Ellbogen darauf ab. So viele Tage und Abende in dem liebevoll eingerichteten Ambiente waren fortan vorüber. Mia ließ nun auch ihren Blick über die mit cremefarbenen Tüchern bedeckten Tische schweifen. Die Holzstühle, welche wie die Barhocker, mit rotem Leder überzogene Sitzflächen besaßen. Die wunderschönen Bilder an der sonnengelbgestrichenen Wand, die jeden ins schöne Italien reisen lassen sollte. Die dezente Tischdeko, bestehend aus einer kleinen Alabasterfigur, welche als Minivase fungierte und nebenstehend eine kleine Kerze, für einen Hauch von Romantik.

Mia und Christoph mochten ihren Job und wollten es kaum wahrhaben, dass sie diesen nun verloren hatten. Die Gespräche mit den wartenden Menschen an der Bar, das Beobachten von interessanten Gästen und ersten Dates. Das Beisammensitzen nach Feierabend und die ab und an zu viel zu sich genommenen Drinks dabei. Noch eine Zeit lang schwelgten die drei in Erinnerungen. Mia konnte sich noch gut an ihren Probearbeitstag erinnern. Sie war zu diesem Zeitpunkt 28 Jahre alt und eine größere Gesellschaft hatte einen Tisch reserviert. Sie sollte ihnen eine

Flasche Rotwein bringen. Auf dem Tablett standen zudem acht Weingläser. Kaum losgelaufen, begann die Flasche zu wackeln, kippte um und durch das Übergewicht fiel alles auf den Boden. Ihr Gesicht wurde knallrot, vor allem auch, weil es für die Gäste nicht zu überhören war. Nachdem dies geschehen war, dachte sie sich, nun ist das mit dem Job vorbei. Christoph aber, nahm die Schuld auf sich. Luigi war im Moment des Geschehens nicht anwesend und kam erst nach dem Knall heraus. Er sah ihr an, wie sehr sie sich schämte und wusste, dass sie nur allzu gerne hier arbeiten würde. Christoph sagte Luigi, er wollte das Tablett nehmen und ist mit dem Fuß an einem der Barhocker gestoßen. Mia war ihm überaus dankbar und in den ganzen drei Jahren, blieb es ihr beider Geheimnis. Mia ist so etwas glücklicherweise nie wieder passiert. Christoph arbeitete schon sein halbes Leben in der Gastronomie und brachte ihr so viel bei, wie er konnte.

Nach knapp zwei Stunden verabschiedeten sich Mia und Christoph von Luigi. Da die Pandemie Italien schwer getroffen hatte und der Großteil von Luigis Familie dort lebte, wollte er, sobald es ihm möglich war, dorthin zurückkehren. Er sah es als Zeichen, seine Zeit mit seinen Liebsten zu verbringen. Sie wünschten sich gegenseitig alles

Gute und vor allem Gesundheit, danach trennten sich ihre Wege.

Mit den betriebsbedingten Kündigungen in den Taschen schlug Christoph vor, noch etwas an den Main zu gehen. Mia stimmte dem zu, da sie zu Hause eh niemand erwartete. Ihr langjähriger Freund Daniel war auf der Arbeit und auch Lissi, Christophs Freundin, war im Homeoffice beschäftigt und sicher froh darüber, wenn Ruhe in der Wohnung herrschte. Die beiden holten sich einen Coffee To Go und eine Kleinigkeit zum Essen. Mit vollen Händen liefen sie über den Schlossplatz hinunter und an den Main. Die Wolken hatten sich etwas aufgelockert und ließen die Sonne an diesem vorletzten Februartag auf sie hinunterscheinen. Mia und Christoph ergatterten sich deshalb eine freie Bank und ließen sich dort nieder.

„Tja, das war es dann wohl.", äußerte sich Mia und biss wütend in ihr Plunderstück.

„Du sagst es. Echt richtig mies. Ich hasse diese verdammte Pandemie.", gab Christoph mürrisch zurück.

„Wie wahr. Was denkst du, wird Lissi dazu sagen?"

„Sie wird es schade für mich finden, aber wahrscheinlich auch etwas froh darüber sein."

„Warum denn das?"

„Na ja, wir haben uns an den Abenden kaum gesehen. Fünf Tage in der Woche im Service bis elf oder zwölf Uhr in der Nacht."

„Irgendwie verständlich, ja."

„Was ist mit Daniel? Was denkst du, wie er reagieren wird?"

Mia trank einen großen Schluck und zuckte mit den Schultern. Christoph ahnte, dass mal wieder etwas bei den beiden nicht stimmte. Er war bestens über das Auf und Ab der Beziehung im Bilde.

„Derzeit alles in Ordnung bei euch beiden?", wollte er von ihr wissen. Prompt standen die gerade ausgesprochenen Kündigungen im Hintergrund.

„Was soll ich sagen?! Er geht auf Arbeit und ich bin zu Hause.", antwortete sie monoton.

„Und weiter? Komm schon, ich bin es und ich weiß so gut wie alles über euch." Er schubste freundschaftlich seine Schulter gegen ihre und sah sie erwartungsvoll an.

„Ich bin einfach nur etwas genervt.", begann sie und es sprudelte nunmehr aus ihr heraus. „Andauernd prahlt er damit, wie angesehen er doch auf der Baustelle ist. Meint, sie würden ohne ihn gar nicht mehr auskommen. Er ist ja so ein Könner. Und dann sagt er, ich solle die Pandemie und den Lockdown nutzen, um einen gescheiten und besserbezahlten Job zu finden. Ob ich daran Spaß habe beziehungsweise das es so ist, ist ihm vollkommen egal. Und da ich mir vorerst keine neue Arbeit suchen möchte, lässt er sich bekochen und sich von mir seinen ganzen Scheiß hinterherräumen. Ich bin ja zu Hause und habe Unmengen von Zeit. Zärtlichkeit? Ha, Fehlanzeige! Er ist müde von seinen langen Arbeitstagen und ich kann das derzeit ja nicht verstehen. Aaah!" Mia atmete tief ein und aus und versuchte, sich nicht weiter darüber aufzuregen. Sie kannte sich zu gut, und wenn es um ihren langjährigen Freund ging, konnte sie locker eine Filmlänge damit ausfüllen.

„Weißt du, was dein Problem ist, Mia?!"

„Ich kann es erahnen. Sicher habe ich es schon einmal von dir gehört." Sie blickte ihn mit zur Seite gerichtetem Kopf an.

„Ja, hast du.", begann Christoph. „Du bist knapp vier Jahre mit Daniel zusammen. Du hast den Zeitpunkt verpasst, ihm auch nur ein einziges Mal die Meinung zu sagen. Das beste Beispiel, willst du es hören?"

„Du sagst es mir doch eh.", schmollte sie.

„Ich habe dich auf Arbeit als lebenslustige und offene Person kennengelernt. Du machst Spaß, bist einfach gestrickt, lachst gerne. Deine Sprüche sind manchmal echt der Knaller. Als wir uns dann zum Pärchenabend getroffen haben, da warst du so gar nicht mehr die, die ich von der Arbeit kenne. Du hast dich verstellt. Wenn ihm irgendetwas nicht an deiner Art gepasst hat, warst du fortan anders. Du hast keinen Blödsinn mehr gemacht, hast nicht mehr gesagt, was du eigentlich denkst. Ich, sogar Lissi, wir haben es dir angesehen, dass du dein eigentliches Selbst komplett verborgen hast, nur um dem ach so tollen Daniel alles Recht zu machen.", beendete Christoph seine Rede und wartete auf eine Reaktion.

„Er hat auch gute Seiten.", meinte sie nur kleinlaut.

„Mia, du allein musst wissen, was du für richtig hältst, aber eines muss ich dir trotzdem ehrlich sagen. Lass dich nicht unter Wert verkaufen und ich gestehe dir hiermit, dass ich Daniel nicht besonders gut leiden kann.", gab er zu und Mia gab daraufhin ein kurzes Lachen von sich.

„Was?" Er schaute verdutzt.

„Denkst du, das weiß ich nicht. Wir haben uns nach diesem Essen noch ein einziges Mal getroffen und danach gab es nie wieder einen Pärchenabend. Ich habe dich längst durchschaut."

Ertappt richtete Christoph seinen Blick auf den Boden. Mia lachte weiter vor sich hin.

„Lass uns noch etwas darüber philosophieren, wie es jetzt mit uns weitergehen könnte. Danach denke ich, wird es Zeit nach Hause zu gehen und die Neuigkeiten zu verkünden.", lenkte Mia vom Thema ab und Christoph stimmte dem Vorschlag mit einem Nicken zu.

Als Mia in die Wohnung von sich und Daniel kam, war er noch nicht zu Hause. Sie tat deshalb das, was ihr stets gute Laune brachte. Sie hängte ihre Jacke im Flur ab und ging geradeaus ins Wohnzimmer. Ihr Handy aus der Tasche genommen, suchte sie sich auf Spotify eine passende Playlist und spielte diese ab. Mia liebte Musik und stets war es Balsam für ihre Seele. Egal wie schlecht sie sich fühlte, irgendwann überlief es Mia und sie tänzelte durch die Wohnung. Fühlte sich frei und sorglos.
Die Zeit verging rasend schnell, während Mia zwischen Tanz und Aufräumen hin und her wechselte. Die Wohnungstür wurde von außen aufgeschlossen und Daniel kam herein.
„Hey.", begrüßte er sie mit einem Kuss und stellte seine Tasche auf dem Küchenboden ab. Mia machte die Musik auf ihrem Handy aus.
„Wie war es auf der Baustelle?", erkundigte sie sich nach seinem Tag.

„Es geht gut voran. Ich denke, meine Chancen zum Aufstieg steigen."

„Das klingt doch wunderbar.", entgegnete Mia mit leicht aufgesetzter Freude in der Stimme.

„Und, was hast du heute so gemacht?" Daniel nahm sich ein Bier aus dem Kühlschrank.

„Christoph und ich wurden doch zu Luigi bestellt."

„War das nicht morgen?", wollte er wissen.

„Nein, ich hatte es dir vorgestern gesagt."

„Tut mir leid, da habe ich mich wohl vertan. Kann ja mal passieren."

So wie zu fünfzig Prozent in letzter Zeit, dachte sich Mia.

„Was wollte er denn von euch?", fragte er und sein Blick lag auf seinem Handy.

„Er muss schließen.", antwortete sie knapp.

Daniel reagierte nicht, da er gerade auf eine Nachricht zu antworten schien.

„Hast du mich gehört?"

„Oh was? Sorry. Macht er wieder auf?"

In Mia begann es zu brodeln, aber sie blieb ruhig. Wie immer.

„Luigi muss schließen. Christoph und ich müssen gehen.", wiederholte sie.

„Oh, das ist nicht sehr gut. Ich denke aber, so wird es sicher zukünftig noch anderen gehen. Je nachdem wie lange die Pandemie noch anhält.

Du findest sicher einen anderen Job. Vielleicht auch mit besseren Arbeitszeiten.", sagte er fast beiläufig.

„Wir persönlich finden es sehr schade, da es wirklich Spaß gemacht hat.", erwiderte sie und hoffte auf mehr Einsicht.

„Das glaube ich euch, aber nun ist es so. Zum Glück habe ich noch einen sicheren Job in dieser Zeit.", kam es zurück. „Schau dich eben mal im Internet um und zwischenher kannst du dich weiter um deine Holzdinge kümmern."

Die Holzdinge waren Hobby und Leidenschaft von Mia. Sie würde es nur anders bezeichnen. Sie gestaltete Untersetzer, Anhänger und weitere Schmuckstücke aus Holz. Sie verlieh ihnen mit einer Gravur, einem Spruch oder Schmucksteinen hübsche Details. Mia war sich noch nicht sicher, ob sie es zu irgendeiner Zeit zum Verkauf anbieten wollte. Sie war diesbezüglich noch unsicher, ob ihre Kreativität für einen Erfolg ausreichen würde.

„Was gibt es denn heute zu essen?"

„Tut mir leid, aber darüber habe ich mir noch keine Gedanken gemacht. Hatte andere Dinge im Kopf.", antwortete sie leicht ironisch.

„Dann sehen wir später mal, was der Kühlschrank so hergibt. Wir können morgen nach der Arbeit einkaufen gehen."

„Ja, können wir." Mia gab klein bei, da sie merkte, dass ihrem Freund ihre Kündigung gleichgültig zu sein schien. Sie musste an Christophs Worte denken, als er sagte, sie könnte ihre Meinung nicht äußern. Mit dieser Analyse hatte er vollkommen recht, aber ihr war Harmonie einfach viel zu wichtig.

„Ich gehe rasch duschen, dann kochen wir etwas." Daniel gab ihr einen Kuss, nahm sein Handy und lief ins Bad.

Mia wunderte sich keineswegs über diese ironisch tiefgründige Konversation. Sie schenkte sich ein Glas Rotwein ein, lehnte sich an die Küchentheke und trank einen großen Schluck. Seitdem ihr Freund vor einigen Monaten die Möglichkeit zugesprochen bekam, er könne zum Bauleiter aufsteigen, war er sehr auf sich fixiert. Mia freute sich zwar für ihn, aber zu seiner Person hatte sie kaum noch gute Worte. So leid es ihr tat. Die Beziehungsprobleme, welche schon vorher da waren, wurden somit schlimmer. Mia hatte oft das Gefühl, dass lediglich sie das bemerkte. Für Daniel schien dieser Alltag, allem Anschein an, vollkommen in Ordnung zu sein.

Kapitel 2

Mia wachte am nächsten Morgen auf, nachdem ihr Handy auf dem Nachttisch vibrierte. Ein Blick darauf zeigte ihr einen verpassten Anruf von Christoph. Es war nach neun Uhr und Daniel bereits seit zwei Stunden auf der Arbeit. Sie sagte in einer Voicemail an ihren Freund, dass sie ihn in zehn Minuten zurückrufen würde. Sie stieg aus dem Bett und ging ins Bad, um sich für den Tag zurechtzumachen. Daraufhin ging sie in die Küche und bereitete sich einen Kaffee vor. Während die Maschine ihre Arbeit verrichtete, wählte sie Christophs Nummer.

„Guten Morgen, Mia. Du bist sicher gerade erst aus dem Bett gekrabbelt, hab ich recht?", witzelte er.

„Ich habe heute nichts auf dem Tagesplan, da dachte ich, warum nicht ausschlafen.", entgegnete sie ironisch. „Und, was hat Lissi zu der Kündigung gesagt?", wollte sie wissen.

„Wie ich dachte. Sie findet es sehr schade für uns, aber würde sich darüber freuen, wenn ich mich nach etwas umschauen würde, das meine Anwesenheit eher tagsüber benötigt. Und Daniel?", kam die Gegenfrage.

„Es ist eben so, wie es eben ist.", antwortete sie kurz. Sie hörte, wie Christoph einen tiefen Seufzer von sich ließ. Er lenkte deshalb gleich ab.

„Ich wollte dich etwas fragen, denn Lissi hatte einen echt tollen Vorschlag. Zwecks Ablenkung von der derzeitigen Situation und so."

„Na dann leg mal los." Mia wurde neugierig und schlürfte, auf der Couch sitzend, an ihrem heißen Kaffee.

„Also, du weißt doch, dass Lissis Eltern ein kleines Häuschen in den Bergen gehört?!", begann er.

„Ja, davon hatte sie mir mal erzählt. Sprich weiter.", forderte sie Christoph auf.

„Lissi macht ab nächster Woche für zwei Wochen Urlaub. Wir beide können im Moment eh nichts machen, außer einen neuen Job suchen. Sie hat vorgeschlagen, dass wir dort einfach einmal abschalten. Spaß haben, den Jobverlust und die Pandemie vergessen. Das Häuschen ist vollkommen abseits gelegen und wir können so laut sein wie wir wollen. Feiern, spazieren oder wandern gehen." Christoph ließ Vorgeschlagenes auf Mia wirken. „Daniel ist natürlich auch mit eingeladen.", fügte er hinzu, als ob er es müsste.

Mia wollte, ohne zu zögern zustimmen, doch dachte daran, was Daniel wohl davon halten würde. Würde sie Christoph jedoch antworten, er solle warten, bis sie mit ihm gesprochen hatte, würde er Mia sicher verurteilen. Da die derzeitige Lage sowieso miserabel war, hörte sie auf ihr Bauchgefühl.

„Keine Antwort?! Komm schon, was meinst du?", drängte er beinahe.

„Ich bin auf jeden Fall dabei.", gab sie ihm zurück.

„Geht das noch etwas euphorischer?", witzelte er.

„Tut mir leid, es ist so früh am Morgen.", lachte sie. „Ja, ich bin auf jeden Fall dabei.", rief sie aufgesetzt freudig durch den Hörer.

„So gefällt mir das. Na bestens, dann gebe ich Lissi Bescheid und du fragst Daniel, ob er Lust hat und kurzfristig Urlaub beantragen könnte."

„Ich werde mich melden, sobald ich weiß, ob er mitkommt."

„Super, dann dir noch einen schönen Tag. Vor allem wenig Stress.", lachte er.

„Haha, dir auch und liebe Grüße an Lissi.", feixte sie und legte daraufhin auf.

Ein abgelegenes Haus in den Bergen, keine Menschenseele weit und breit, außer womöglich ein paar Spaziergänger und weit weg von der derzeitigen, leicht aussichtslosen, Situation. Das klang wirklich verführerisch, musste sich Mia eingestehen. Sie war schon ganz gespannt, was

Daniel davon halten würde und ob er sich die freie Zeit nehmen konnte. Vor allem da es ziemlich kurzfristig war.

Als Mia und Daniel am Nachmittag gemeinsam zum Einkaufen losgingen, sagte sie noch nichts. Daniel erzählte von seinem erfolgreichen Tag und lobte sich mit hoch erhobenen Hauptes als perfektes Leittier. Mitte des Jahres würde der neue Bauleiter gewählt werden und Daniel sah sein Bild bereits eingerahmt im Personalbüro hängen. Nicht, dass es Mia nicht gefiel, dass er in seinem Beruf aufging, doch noch lieber wäre es ihr, wenn dies schlichtweg so wäre und er nicht ständig etwas vergessen würde, was sie ihm tagtäglich erzählte. Sicher war ihr Leben nicht halb so interessant, aber in einer Beziehung befand sie es mehr als angemessen, dem eigenen Partner genau zuzuhören. Zu oft fragte sie sich nach den vergangenen Jahren, ob die Zukunft ihnen beiden gut zusprach. Fragte sich, ob sie den Mut aufbringen sollte, sich von ihm zu trennen und einen neuen Lebensabschnitt beginnen sollte. Einen Neuanfang nur für sich selbst, in dem sie so sein könnte, wie sie eigentlich ist, ohne das jemand mit blöden Kommentaren etwas ins Lächerliche zieht. Ja, in diesem Punkt hatte Christoph leider vollkommen recht. Mia hatte sich bereits nach wenigen Monaten verändert. Sie war just nicht mehr die quirlige und ab und an verrückte Person, die gerne lachte und nicht alles Gegebene als selbstverständlich ansah. Sie wurde in Anwesenheit von ihrem Freund jene, die sich nach und nach selbst verlor. Sie liebte Daniel und wollte ihm gefallen. Somit wurde sie so, wie er sie haben wollte. Wenn er sich wieder über etwas von ihr lustig machte oder ihr Benehmen als kindisch befand, dann hörte sie damit auf und verschloss sich ein wenig mehr. Diese Distanz zu sich selbst steigerte sich im Laufe der Beziehung. Bei Christoph und Lissi jedoch konnte Mia sie selbst sein, denn die beiden schätzten ihre menschliche Art.

Mia und Daniel begannen ihren Einkaufswagen in der Obst- und Gemüseabteilung zu füllen. Sie liefen daraufhin weiter durch die Gänge und begutachteten das üppige Sortiment. Allerlei wurde dem Einkauf hinzugefügt und Mia nutzte währenddessen die Chance, mit dem Urlaubsthema zu beginnen.

„Sag mal Schatz, hast du nicht noch Resturlaub von letztem Jahr?", fragte sie nebenher.

„Ja, habe ich. Noch über eine Woche, warum?", kam die Gegenfrage und er nahm sich eine Packung Cornflakes aus dem Regal.

„Na ja, ich dachte, da du so viel arbeitest, würdest du vielleicht kurzfristig ein paar Tage frei bekommen. Christoph und Lissi wollen für die nächsten zwei Wochen in die Berge fahren. Weg von all den Pandemieproblemen und so. Lissis Eltern besitzen dort eine abgelegene Hütte.", startete sie und wartete auf eine Antwort ihres Freundes.

„Wann wollen die beiden denn fahren? Am Montag?", wollte er, weiter auf die Getreideflocken schauend, wissen.

„Am Sonntag wahrscheinlich.", entgegnete sie ihm.

„Heute ist bereits Freitag und so kurzfristig wird das sicher nichts.", ließ er leicht höhnisch von sich.

„Das bedeutet ja nicht, dass wir gleich mit müssen. Wir könnten ja später nachkommen. Hättest du nicht Lust, mal ein paar Tage abzuschalten?", Mia stellte sich vor Daniel, um seinen Blick zu erhaschen. Für einen kurzen Moment erwiderte er diesen, doch stellte sich daraufhin wieder hinter den Einkaufswagen, um diesen weiterzuschieben.

„Ganz ehrlich. Ich weiß ja, dass du erst einmal sehr viel Zeit hast, aber ich bemühe mich seit Monaten eine neue und höhere Position zu ergattern und wenn ich jetzt wegfahre, braucht nur eine Kleinigkeit geschehen und ich bin raus aus dem Rennen. Ich möchte dies nur ungern für einen Kurztrip aufs Spiel setzen und zum anderen brauchen die mich. Du hättest dabei sein sollen, als ich an einem Arbeitstag mal für drei Stunden nicht aufgepasst hatte.", lachte er voller Selbstüberzeugung, sprach aber nicht weiter.

„Also heißt es von deiner Seite aus definitiv nein?", fragte sie leicht eingeschnappt.

„Tut mir leid, Schatz, aber ja. Es heißt nein. Ich bin nun mal nicht arbeitslos, sondern voll dabei." Nach dieser Aussage hätte sie ihrem Freund am liebsten einen saftigen Hieb gegeben. Als könne sie etwas dafür, dass Luigi schließen müsse.

„Wollen wir heute Abend einen Auflauf machen?", fragte Daniel Mia, als wäre die Konversation damit abgeschlossen. Er sagt nein und somit wäre die Entscheidung endgültig getroffen. Sie nickte ihm nur zustimmend zu und er packte weitere Lebensmittel in den Wagen. Mia war wütend. Nicht nur darüber, dass er sich für sie beide keine Auszeit von ein paar Tagen nehmen würde, sondern auch über die Art seiner Kommentare. Als wäre er unabdinglich und keiner könnte auf ihn verzichten. Sie wünschte sich, er würde in Bezug auf ihre gemeinsame Beziehung genauso viel Bemühungen aufbringen.

Als die beiden am Abend gemeinsam auf der Couch saßen und ihren Auflauf aßen, war Mia die meiste Zeit am Grübeln. Daniel und sie hatten sich dem Thema nicht mehr gewidmet. Abgeschlossen war es für sie dennoch nicht. Sie dachte sich, wenn er nicht will, bedeutet das nicht, dass sie nicht gehen könnte. Womöglich war die Entscheidung von ihm sogar gut gewesen und sie könnte sich von allem eine Auszeit nehmen. Auch von ihm. Die Seele baumeln lassen und über ihre Zukunft nachdenken. Die letzten zwei Jahre hatte sich Mia vollends auf Daniel fixiert und kaum noch eine eigene Meinung gehabt. Da er selbst nicht vorschlug, sie könne allein mit ihren Freunden gehen, würde sie ihm nun ihre Idee preisgeben.

„Schatz, nochmal wegen der Berghütte.", begann sie vorsichtig. Sie wusste, wie sehr er es nicht mochte, mit einem Thema genervt zu werden.

„Tut mir leid, ich habe meine Meinung nicht geändert. Ich dachte, du kannst mich verstehen.", sagte er leicht monoton.

„Darum geht es mir auch gerade gar nicht. Ich kann dich ja verstehen.", munkelte sie mehr, als das sie es wirklich meinte. „Nur dachte ich mir, das heißt nicht, dass ich nicht mitgehen könnte. Vielleicht für eine Woche oder je nachdem wie es ist. So könnte ich in Ruhe darüber nachdenken, inwiefern ich mich beruflich umorientieren könnte. Wäre das in Ordnung?" Schon bei ihrer gestellten Frage merkte sie, dass sie ihre eigene Meinung wirklich nicht mehr vertrat.

Daniel sagte erst nichts, was für Mia den Anschein erweckte, dass er mit seinen Gedanken bereits wieder woanders war, doch dann drehte er sich zu ihr.

„Ist okay, warum eigentlich nicht. Nimm dir die Auszeit.", antwortete er kurz und knapp. Mia konnte nicht deuten, ob ihn dies nun erfreute oder nicht. Im Grunde genommen war es ihr aber auch gleichgültig. Urplötzlich ergriff sie ein Gefühl von Leichtigkeit und Vorfreude.

„Super, dann gebe ich Christoph Bescheid, dass ich Sonntag mit am Start bin." Sie gab ihm einen Kuss auf die Wange, griff sich ihr Handy und wählte Christophs Nummer. Daniel hingegen schaute sofort wieder in den Fernseher, sein Blick verriet ihr aber, dass er nicht mit ihrer spontanen Abreise am Sonntag gerechnet hatte.

„Hey Mia, was gibt es zu späterer Stunde?", fragte Christoph freudig klingend.

„Christoph, hallo. Ich wollte euch nur kurz stören.", entgegnete Mia mit leichter Scham.

„Du störst doch nicht. Lissi hält gerade eine Beautystunde im Badezimmer ab.", feixte er. „Was gibt es?"

„Ich wollte nur Bescheid geben, dass ich mich Sonntag bei euch anschließen würde. Aber auch nur, wenn ich euch kein fünftes Rad am Wagen bin."

„Nein, das bist du keineswegs. Clint kommt auch noch mit, falls er dir noch was sagt. Er hat dort in der Nähe einen Liebhaber, wenn du verstehst."

„Oh, na da bin ich ja beruhigt. Da freue ich mich.", entgegnete sie fröhlich.

„Aber kurze Frage. Du sagtest, du bist mit dabei. Was ist mit Daniel?", wollte er wissen, jedoch mit einem Lächeln in der Stimme.

„Er kann oder möchte sich keinen Urlaub nehmen und da habe ich beschlossen, mir allein eine Auszeit zu genehmigen."

Für einen kurzen Moment herrschte Stille in der anderen Leitung.

„Christoph? Bist du noch da?"

„Ja, natürlich. Ich habe mich nur kurzzeitig gewundert."

„Inwiefern? Weil ich selbst etwas beschlossen habe?"

„So in der Art." Christoph lachte. Mia wusste aber, dass er es nicht böse meinte.

„Ist ja auch egal. Wann geht es Sonntag los?", fragte sie ihn aufgeregt.

„Lissi und ich dachten, ganz entspannt zwischen elf und zwölf. Uns hetzt ja nichts. Wir könnten dich dann abholen, wenn du möchtest."

„Ja klar, gerne. Das klingt gut."

„Dann wird die Fahrt sicher noch spaßiger. Clint fährt auch bei uns mit und nicht separat."

„Da bin ich schon gespannt. Ich habe ihn schließlich erst einmal gesehen. Aber er war mir sehr sympathisch."

„Lissi sagt immer, er ist ein goldiger Knopf."

„Ach wie süß.", lachte nun sie. „Dann würde ich sagen, verbleiben wir bei Sonntag?"

„Jawohl, sofern sich keine Änderungen ergeben, stehen wir am frühen Mittag bei dir vor der Tür."

„Bestens. Dann bis dahin und euch noch einen schönen Abend."

„Danke, euch auch."

Sie verabschiedeten sich voneinander und legten auf.

„Mit wem hast du denn telefoniert, Honey?", fragte Lissi ihren Freund in tiefster Entspanntheit.

„Mit Mia. Sie kommt am Sonntag mit. Nur sie.", antwortete er seiner Freundin.

„Ist nicht dein Ernst? Daniel hat wohl keine Lust auf uns?!", fragte sie eher ironisch und entfernte den Turban von ihrem kurzen, dunkelbraunen Haar.

„Er kann sich wohl kein Urlaub nehmen. Aber ganz ehrlich, das ist uns doch so viel lieber, oder nicht?" Er zog Lissi zu sich auf den Schoß.

„Oh ja, das ist es. Lukas wird am Montagvormittag nachkommen. Fiona ist leider auch zu beschäftigt, um ihn zu begleiten."

„Oh nein.", munkelte er und beide mussten laut auflachen.

Kapitel 3

Mia hatte den Samstag noch versucht mit Daniel zu nutzen, doch er wollte lieber auf der Couch bleiben, da ihn die Arbeitswoche so geschlaucht hatte. Deshalb nahm Mia dies zum Anlass, ihre Sachen für den Urlaub zu packen. Am gestrigen Abend sprachen die beiden kaum noch miteinander und überließen dies den Schauspielern im TV. Jedoch hatten sie sich beide seit Monaten nicht mehr viel zu sagen. Jeder war in seinem Alltagstrott und der Kuss zum guten Morgen, zur Begrüßung und Verabschiedung, glich eher einer Routine als einer emotional verbindenden Liebkosung. Ihr letzter Moment voller leidenschaftlicher Hingabe lag über zwei Monate zurück. Manchmal glaubte Mia schon, Daniel würde seine Überstunden bei einer anderen abbauen. Anderweitig betrachtet war sie verblüfft über sich selbst, dass, wenn es so wäre, es ihr nicht einmal etwas ausmachen würde. Dabei war sie doch am Anfang ihrer Beziehung sehr eifersüchtig. Nun jedoch sah sie dies als willkommenen Anlass, würde eine Affäre herauskommen, aus der Partnerschaft zu entfliehen. Manchmal hoffte sie sogar darauf, jedoch geschah nichts dergleichen. Vielleicht würde

Daniel bei ihrer Abwesenheit ein Gefühl von Sehnsucht entwickeln. Verspüren, was er eigentlich an ihr hatte. So lange gab sie sich eine große Mitschuld daran, dass die Beziehung an Harmonie verlor. Seit zwei Monaten aber hörte sie auf, sich in der Opferrolle zu befinden. Daniel war nur noch auf sich besonnen, hörte ihr kaum noch zu und belächelte ihre Taten zum großen Teil. War es zu Beginn der Beziehung stets eine Vorfreude auf den Feierabend. Endlich nach Hause kommen, gemeinsam mit Daniel über den Tag sprechen, Pläne für die freien Tage schmieden und gemeinsam auf der Couch zu kuscheln. Wie schön war es doch, sich aufeinander zu freuen. Nie hätte Mia gedacht, dass bereits nach zwei Jahren all jene Momente mehr und mehr in die Ferne rückten. Die Couch wurde groß genug, um Abstand zu halten. Das Händchenhalten in der Öffentlichkeit, das gab es so gut wie gar nicht mehr. Die Gespräche wurden oberflächlicher und die Unordnung im Haushalt blieb, um von Mia beseitigt zu werden. Ebenfalls für sie würde der Urlaub, bei dem sie beschloss, die ganzen zwei Wochen mit ihren Freunden zu verbringen, eine Möglichkeit herauszufinden, ob sie Daniel überhaupt vermissen würde. Wieder seine Nähe spüren wollte. Zu erfahren, ob sie ihn wirklich noch liebte.

Im jetzigen Moment wollte sie sich nicht weiter mit diesen Gedanken beschäftigen und freudig trällernd suchte sie in ihrem Kleiderschrank nach der passenden Klamotte.

Nachdem der restliche Samstag rasend schnell verging, war der Sonntagmorgen auch schon gekommen. Es war zehn Uhr und Mia und Daniel saßen gemeinsam beim Frühstück.

„Und, was wirst du heute so anstellen?", fragte Mia ihren Freund.

„Ich habe nichts geplant. Mal abwarten, ob sich noch etwas ergibt.", gab er monoton zur Antwort.

Mia war kurz davor ihn zu fragen, ob es auch wirklich in Ordnung sei, wenn sie für zwei Wochen in den Urlaub fahren würde, aber ließ es dann bleiben. Vor allem nachdem er sein Augenmerk wieder seinem Handy widmete. Mia nahm sich die Prima Sonntag zur Hand, welche sie vorher aus dem Briefkasten geholt hatte, und blätterte darin herum. Am liebsten waren ihr die Werbeblättchen der Supermärkte, selbst wenn sie sich nie großartig für die Angebote interessierte.

„Willst du auch noch eine Tasse Kaffee?", fragte nun Daniel und stand auf.

„Nein danke, für mich nicht. Sonst muss ich kurz nach Fahrtbeginn gleich auf die Toilette.", gab sie feixend zur Antwort. Daniel schenkte sich daraufhin nach und setzte sich wieder an den Tisch.

„Sicher, dass du auch alles gepackt hast?", wollte er ironisch wissen.

„Irgendetwas vergessen die Frauen doch immer.", lachte sie.

„Man könnte meinen, du verreist für zwei Monate, bei den drei Taschen. Dir ist schon bewusst, dass eh nichts geöffnet hat."

„Na und, wir werden sicherlich spazieren und wandern gehen. Ich finde es immer besser, lieber zu viel als zu wenig dabei zu haben.", konterte sie.

„Christoph und Lissi werden sich sicherlich über den verbrauchten Stauraum bedanken.", gab er trocken von sich.

„Ich denke nicht, dass ich mir dadurch Minuspunkte bei ihnen einhandeln werde.", antwortete sie keck und streckte ihm auf lustige Art die Zunge heraus. Daniel rollte daraufhin mit den Augen und wendete seinen Blick wieder ab.

Mia fragte sich wirklich, was eigentlich aus ihrem Freund geworden war, aber nichts und niemand konnte ihr heute die Freude auf die bevorstehende Zeit verderben. Wortlos räumte sie ihr Geschirr auf und begann ihre drei Reisetaschen zurechtzustellen und im Kopf noch einmal durchzugehen, ob sie auch wirklich nichts vergessen hatte. Lissi, Christoph und Clint kamen kurz vor halb zwölf an und forderten sie in bester Laune auf, nach unten zu kommen.

„Wir telefonieren, ja?! Hab einen schönen Tag."

„Kannst mir ja kurz simsen, wenn ihr angekommen seid."

„Mache ich. Ich werde dir ein Foto schicken."

„Wie du möchtest. Also, viel Spaß euch." Er gab ihr einen Kuss auf den Mund und tätschelte sie kumpelhaft an der Schulter.

„Bis dahin.", ließ sie kurz verlauten und drehte sich zum Gehen um. Mit ihren Reisetaschen in der Hand lief sie die drei Stockwerke nach unten und wurde am Ausgang von Christoph in Empfang genommen.

„Gib mir deine Taschen.", entgegnete er ihr und nahm Mia diese ab.

„Danke dir."

„Respekt. Lissi hat vier davon.", feixte er.

„Na dann bin ich ja noch gut dabei.", Mia lachte, begrüßte Lissi und Clint und setzte sich daraufhin zu ihm auf die Rückbank.

Die Fahrt gestaltete sich als sehr redselig. Christoph genoss es, Fahrer zu sein, da die Autobahnen durch die Pandemie so gut wie ausgestorben waren. Natürlich wäre es allen lieber gewesen, wieder ein normales Dasein zu fristen und nicht aufpassen zu müssen, dass sie von der Polizei angehalten werden würden, aber umso schneller sie an der Hütte wären, desto weniger Gefahr liefen sie, bei der eventuell überstiegenen Personenanzahl ertappt zu werden.

Clint stammte ursprünglich aus Amerika. Er war stets äußerst gepflegt und von sportlicher Statur. Seine Homosexualität preiszugeben fiel ihm selbst mit seinen 36 Jahren noch nicht sehr leicht. Zu sehr hing es ihm nach, dass seine Eltern ihn nach seinem Outing nicht mehr vollends als Sohn akzeptierten. Jedoch ging er seinen eigenen Weg und konnte es kaum erwarten, seinen süd-ländischen Traummann wiederzusehen. Er schwärmte von seinem zwei Jahre jüngeren Victor, der in der Nähe von Kempten wohnte. Ihre Liebelei bestand bereits seit fünf Jahren und doch ist bisher nichts Ernsteres daraus entstan-den. Lissi war der Meinung, dass es an Clints Schüchternheit lag, und war sich sicher, dass die beiden eigentlich schon längst eine Partnerschaft miteinander hätten eingehen sollen. Niemand der drei kannte Victor und sie waren deshalb schon sehr gespannt darauf, ihn endlich kennen-zulernen. Clint hatte sicherlich eine gute Stunde über seinen Schwarm gesprochen und hätte nicht einer von ihnen das Thema gewechselt, hätte er sicherlich die ganze Fahrt über damit zugebracht.

Lissi schlug im Vorfeld vor, was alles unternommen werden könnte. Es würde zwar keine Einkaufsbummel geben, da die Geschäfte geschlossen waren und auch keine Freizeitaktivitäten, wie Kino oder Essen gehen, doch sie würden das beste aus der ganzen Situation machen. Kleinere bis größere Wanderungen, vielleicht den einen oder anderen Berg besteigen, auf dem nicht mehr allzu viel Schnee lag. Und zu guter Letzt würden sie in der verlassen stehenden Hütte tun können, was sie wollten. Christoph deutete daraufhin Lissi an, seinen Rucksack zu öffnen. Dieser ließ einen Beutel mit interessantem Inhalt aufblitzen.

„Bist du wahnsinnig, den vor allem in diesen Zeiten herauszuholen?" Clint wirbelte voller Entsetzen wild mit seinen Armen herum. „Was ist, wenn um die nächste Ecke eine Polizeistreife wartet? Die sind doch noch aktiver als sonst."

„Ach Sweety, das Leben ist derzeit hart genug und im Notfall habe ich ein Rezept dabei.", lachte Lissi voller Ironie und Christoph, Mia und Clint stiegen in das Gelächter mit ein.

„Und vor allem sind wir in Kürze da. Maximal noch eine halbe Stunde. Die letzten Kilometer sind bereits in der Einöde.", entgegnete Christoph.

„Wir hatten bisher so viel Glück. Ich bin mir sicher, dass auf die letzten Kilometer auch nichts mehr passieren wird.", fügte Mia voller Zuversicht hinzu.

„So ist es. Und sobald wir da sind, gibt es erstmal einen schönen heißen Glühwein.", schlug Christoph vor und alle waren dafür.

Wie es Mia vorher gesagt hatte, wurden sie nicht aus dem Verkehr gezogen und fuhren zuletzt knapp fünf Kilometer durch die Einsamkeit. Ein schmaler Weg, umsäumt von Wäldern. Christoph fuhr in eine Seitenstraße hinein und da war es. Ein großes Grundstück, auf dessen Wiesenfläche eine mehr als ansehnliche Blockhütte in dunklem Holz stand. Um den Grund herum erstreckten sich prächtige Bäume in die Höhe. Mia war bewusst, dass Lissis Eltern gut betucht waren, aber diese Immobilie musste ein Vermögen wert sein. Sie hatte das Gefühl, sich in einem anderen Land zu befinden. Es war schlichtweg überwältigend. Eine wunderschöne überdachte Holzterrasse schloss sich dem Haus an. Es erinnerte an eine prachtvolle Filmkulisse.

„Sind wir hier in Kanada?", fuhr es freudig aus Mia heraus.

„Warte erst bis wir am Auwaldsee sind.", lachte Lissi.

„Oh ja, dieser Ausblick wird dir gefallen.", gab Christoph hinzu.

„Es ist der Wahnsinn.", riefen Mia und Clint im Chor.

Lissi und Christoph sahen einander an und amüsierten sich über die überraschten Blicke ihrer Freunde. Sie selbst waren schon oft hier und von daher war es natürlich sehr vertraut. Sie nahmen ihre Taschen aus dem Auto und gingen zum Eingang.

„Dann lasst uns mal rein in die gute Stube.", begann Lissi. „Unten ist Küche, Wohnzimmer, Badezimmer und die Treppe hinauf sind die Schlafzimmer und noch ein Badezimmer. Ich denke doch, da werden wir uns alle einig werden."

„Wie viele Schlafzimmer gibt es denn?", wollte Clint wissen.

„Es gibt vier.", antwortete Lissi.

„Da haben wir ja sogar noch eine Auswahl. Ich bin jetzt schon fix und fertig vor staunen."

Nachdem Lissi die Haustür aufgeschlossen hatte, kam ihnen kalte Luft entgegen.

„Oh Honey, könntest du bitte die Heizungen anmachen?"

„Natürlich mein Schatz." Er gab ihr einen sanften Kuss auf die Wange und lief voran.

Mia kam aus dem Staunen gar nicht mehr heraus. Selbst im Inneren des Hauses war alles aus Holz. Die Küche war beinahe so groß wie die halbe Wohnung von ihr und Daniel. Es gab nicht lediglich eine Küchenzeile, sondern weiterhin eine freistehende Küchentheke, an deren vorderer Seite Barhocker standen.

Das Wohnzimmer besaß einen Kamin, eine riesige Couch und drei Sessel aus beigem Stoff. Sie wunderte sich nicht, dass der Fernseher groß genug war, dass man noch von der Küche aus mitschauen konnte. Die Räume wirkten so wahnsinnig üppig und waren doch minimalistisch eingerichtet. Kein nutzloser Schnickschnack. Lissi führte alle nach oben und wollte die Zimmeraufteilung beginnen. Zu Beginn des langen Flurs war das Badezimmer. Großzügig, welch ein Wunder, und mit separater Dusche und Badewanne.

„Hier vorne rechts nächtigen Christoph und ich. Das ist leider das einzige Schlafzimmer mit Balkon. Ihr könnt euch zwischen den beiden Schlafzimmern auf der linken Seite oder dem Schlafzimmer geradeaus entscheiden. Sie ähneln sich aber ziemlich. Schlicht mit Bett und Kleiderschrank bestückt.", schmollte sie.

„Ihr habt hier wohl oft Gäste?", fragte Mia Lissi.

„Meine Eltern wollten es eigentlich schon als Feriendomizil für Aufenthalte mit Freunden und Bekannten kaufen. Ab und an klappt es auch. Sie dachten sich, lieber zu viel Schlafräume als zu wenig."

„Es ist wirklich wunderschön hier und ich danke euch sehr, dass ich mit euch durfte.", äußerte sich Mia.

„Ich danke euch auch.", rief Clint aus dem ersten Schlafzimmer. Seine Entscheidung war damit gefallen.

„Gerne ihr zwei. Mit mehr Leuten ist es doch viel lustiger. Ich gehe mal rasch wieder hinunter und schau, ob ich Christoph etwas helfen kann. Ihr könnt ja derweil eure Sachen verräumen."

„Geht klar."

„Glühwein gibt es in circa zehn Minuten.", rief Lissi noch von der Mitte der Treppe aus, zu den zweien nach oben.

Mia entschied sich für das geradeausliegende Schlafzimmer. Das Doppelbett war mit einer Tagesdecke aus Wolle geziert. Sie verräumte ihre Kleidung im Schrank und wollte danach noch einen Blick aus dem Fenster wagen. Sie zog die Vorhänge zur Seite und vor ihr zeigte sich das Hintere des Grundstücks. Hier war man wirklich fernab von allem, dachte sie sich und das gefiel ihr. Sie holte sich ihr Handy und nahm eine Sprachnachricht für Daniel auf. Sie sagte ihm, dass sie gut angekommen seien und es hier mehr als phänomenal war. Es sei schade, dass er nicht dabei war und das Haus und dessen Grundstück nicht sehen konnte. Sie würde sich melden und wünschte ihm weiterhin einen relaxten Tag. Mia und Clint liefen sich im Flur entgegen und gingen gemeinsam nach unten zum Glühweintrinken.

Während sie genüsslich den warmen Alkohol genossen, hatte Lissi noch ein kleines Ass im Ärmel.

„Eine Kleinigkeit oder besser gesagt eine Überraschung, die habe ich noch für euch. Wenn ihr mir bitte nach hinten in den Garten folgen würdet.", sagte sie spöttisch hochtrabend. Ihr und auch Christoph gefiel es, wie beeindruckend Mia und Clint alles fanden. Neugierig gingen die beiden Christoph und ihr nach. Die Überraschung war ein Whirlpool und wieder gab es große Augen und vor allem Freude zu sehen.

„Ich hoffe doch, ihr habt Badesachen dabei? Das hätten wir euch vielleicht sagen sollen.", kam es von Christoph aus.

„Na ja, so ganz habe ich bei den Temperaturen und geschlossenen Hallenbädern nicht daran gedacht.", gab Mia zu, doch begann zu lächeln.

„Aber ist Unterwäsche nicht auch so etwas wie ein Bikini?!"

„Es sollte nur nicht unbedingt Spitzenwäsche sein.", feixte Lissi.

„Die Omaunterhosen habe ich auch dabei.", entgegnete Mia spaßig und alle begannen zu lachen.

Den Rest des Tages tummelte jeder vor sich hin. Lissi und Christoph machten den beheizbaren Whirlpool einsatzbereit und Clint telefonierte gefühlte zwei Stunden mit Victor. Man merkte ihm an, dass er es kaum erwarten konnte, ihn endlich zu sehen. Mia nutzte das obere freie Badezimmer und gönnte sich ein wohltuendes Schaumbad mit seichter Musik und erhellenden Teelichtern. Daniel antwortete ihr in einer Textnachricht, dass er ihnen viel Spaß wünschte und sie sich in den nächsten Tagen wieder hören würden. Er wäre müde und würde den Abend auf der Couch ausklingen lassen. Nachdem Mia diese ach so emotionale Nachricht gelesen hatte, legte sie das Handy, ohne eine Rückantwort zu geben, zur Seite und schloss die Augen, um sich zu entspannen.

Kapitel 4

Mia hatte bis zehn Uhr geschlafen und streckte sich voller Wohlgefühl, ehe sie aufstand. Unten hörte sie das Kichern von Lissi und Christoph. Mia öffnete das Fenster und lugte heraus. Der Wald lag in einem leichten Nebel und der blaue Himmel kämpfte sich heraus. Es schien ein schöner Tag zu werden, auch wenn die Temperaturen noch unter zehn Grad zu sein schienen. Mia ging ins Bad, steckte sich ihr langes hellbraunes Haar legere zusammen und legte leichtes Make-up auf. Umgezogen und für den Tag gerichtet, ging sie zu den beiden nach unten.

„Na du Schlafmütze.", witzelte Christoph.

„Einen wunderschönen guten Morgen, Mia.", begrüßte sie Lissi.

„Guten Morgen ihr zwei. Wie lang seid ihr denn schon wach?"

„Auch erst seit etwa einer Stunde." Lissi gab ihr eine Tasse mit Kaffee in die Hand.

„Danke dir. Und wo ist Clint?" Mia machte es sich auf einem der Barhocker gemütlich.

„Der wurde bereits um acht Uhr von Victor abgeholt. Ich bin gespannt, ob wir ihn heute noch wiedersehen.", feixte Lissi.

„Ich hoffe doch, dass wir ihn hier auch mal zu Gesicht bekommen werden. Victor, Clints südländischer Liebhaber.", lachte Mia und Christoph und Lissi nickten bejahend.

Christoph holte die gestrig geschriebene Einkaufsliste zu sich, welche die vier gestern geschrieben hatten. Der Einkauf sollte ihnen für die kommende Woche ausreichen. Sie entschlossen sich gestern für eine gemeinsame Urlaubskasse, in der jeder seinen Anteil hineingab, und würde am Schluss etwas übrig bleiben, würde es erneut unter den vieren aufgeteilt werden.

„Fällt den Damen noch irgendetwas ein, was wir vergessen haben könnten." Christoph begutachtete das vollbeschriebene DIN A 4 Blatt, inklusive Rückseite.

„Ich würde meinen, wir haben mehr als genug aufgeschrieben."

„Verhungern und verdursten werden wir sicher nicht.", stimmte Mia Lissi zu.

„Gut, dann könnten wir zwei einkaufen gehen, oder Schatz? Außer du möchtest gerne mit, Mia?!"

„Also wenn es euch zu zweit nicht zu viel ist, würde ich gerne einen kleinen Spaziergang machen. Es wird immer sonniger.", gab Mia ehrlich zu.

„Zwei Personen reichen auf jeden Fall. Es muss ja eh jeder seinen eigenen Wagen nehmen. Vor allem soll keiner denken, wir wollen eine große Fete starten.", antwortete Lissi.

„Es soll keiner denken oder keiner wissen?", äußerte sich Christoph lachend dazu.

„Ja, es soll bitte keiner wissen, was wir hier so geplant haben." Lissi zwickte ihn neckisch in die Seite.

„Gut, dann würde ich sagen, wir starten und du verläufst dich bitte nicht, Mia."

„Höre ich da Ironie und Spott in deiner Stimme, lieber Christoph?"

„Ich meine es nur gut." Er streckte ihr die Zunge heraus.

„Sollte mich jemand entführen, verspreche ich euch, dass er mich bis heute Abend freiwillig zurückgebracht hat."

„Alles klar, sollte er uns dann nicht verpetzen, kann er etwas mittrinken."

„Oder wir machen einen Tausch. Mia gegen dich, Baby.", gab Lissi ihren Senf dazu.

„Du würdest mich schneller vermissen, als dir lieb ist."

„Vielleicht ist da was Wahres dran." Lissi gab ihm einen liebevollen Kuss.

Den beiden zuzusehen war immer wieder schön. Lissi und Christoph waren bereits seit sechs

Jahren zusammen und in Mias Augen das perfekte Paar. Nichts von dem, was sie in der Öffentlichkeit von sich zeigten, war gespielt oder wirkte aufgesetzt. Diese innige und liebevolle Verbindung zwischen ihnen war schlichtweg wahr.

Mia genoss das Gezwitscher der Vögel und das Einatmen der frischen Waldluft. Die Natur war atemberaubend und deren Stille übertrug sich auch auf ihre eigene Person. Sie entschloss sich für einen Rundweg, der ihr kurz nach verlassen des Grundstücks angezeigt wurde. Knapp zwei Stunden hieß es auf der Tafel. Mia hatte sich ein klein wenig Proviant eingepackt und somit stand dem nichts im Wege. Ihre kleine Tour führte sie über angenehme Schotterwege, durch den Wald hindurch und nach gut der Hälfte der Strecke kam sie an einem kleinen See an. Keine Menschenseele war weit und breit zu sehen. Nur sie allein war hier. Sie setzte sich auf eine wunderbar gelegene Bank und begann das Wasser und die darin schwimmenden Enten zu beobachten. Wie friedlich das Leben doch sein konnte, dachte sie bei sich. Wie wunderschön die Natur doch war. Mehr bräuchte es gar nicht. Die Frühjahrssonne strahlte bei wolkenfreiem Himmel auf sie herab. Sie schloss die Augen und genoss diesen

Moment der Unbeschwertheit. Könnte es doch nur immer so sein. Keine belastenden Gedanken, sondern ein einziges Freiheitsgefühl. Zu wissen, dass dies erst der erste Tag von zwei Wochen war, brachte ihr ein freudiges Kribbeln im Bauch. Mia nutzte die Zeit, um ein paar Fotos zu machen und sich ihre kleine Vesperzeit zu gönnen. Einige Enten durften sich ebenfalls über kleine Brotkrumen freuen. Nach einer guten Stunde und mit positiver Energie aufgeladen, startete sie, um den Rückweg anzutreten. Erneut ging es durch die Tiefen des Waldes und über den angenehm zu laufenden Weg zurück zum Haus von Lissis Eltern.

„Du bist nicht der Erste, der hierauf so über-rascht reagiert.", feixte Lissi und Mia, die gerade zur Haustür hereinspazierte und auf dem Weg zur Terrasse war, fragte sich, mit wem sie da sprach.

„Das glaube ich dir aufs Wort und ich wieder-hole nochmals. Phänomenal. Ich wäre verrückt gewesen, hätte ich eure Einladung nicht angenommen.", entgegnete eine tiefe männliche Stimme.

Mia war just bewusst, dass es sich nicht um Christoph handeln konnte. Den hörte sie unter anderem neben dem Gespräch her lachen. Clint war es auch nicht. Seine Stimmlage war um einiges höher. Sie legte ihren Rucksack auf einem Barhocker ab und ging zu den anderen heraus.

„Bei euch haben ja schon wieder die Sektkorken geknallt.", begrüßte Mia sie lachend und blickte auf die offene Sektflasche und das in der Hand haltende Glas von Lissi.

„Ich hoffe doch, du schließt dich uns an.", Lissi zückte ein leeres Glas und schwenkte es demonstrativ von Seite zu Seite.

„Aber hallo, natürlich. Schließlich ist es schon Mittag.", feixte sie und nahm Lissi das Glas ab und schenkte sich ein.

Ihr Blick fiel nun auf den Mann mit der tiefen und doch liebevollen Stimme. Ehe sie sich hätte vorstellen können, ergriff Christoph das Wort.

„Mia, das ist Lukas. Lukas, das ist Mia, die sich glücklicherweise nicht in der freien Natur verlaufen hat.", grinste er.

„Hey.", begrüßte sie ihn freudig und er erwiderte die Begrüßung mit einem Lächeln. Mia setzte sich daraufhin auf den letzten freien Gartenstuhl und trank einen Schluck Sekt.

„Lukas ist ein langjähriger Freund meinerseits und hat sich glücklicherweise doch noch umentschieden, mit uns den Urlaub zu verbringen." Lissi erhob dankend ihr Glas auf ihn.

„Was hat dich denn vom Gegenteil überzeugt?",
wollte Mia von ihm wissen.

„Ich dachte mir, es ist sicher mal nicht verkehrt,
was anderes zu sehen.", gab er als Antwort
zurück.

„Bist du derzeit auch ohne Arbeit?", fragte sie
weiter.

„Nein, da habe ich Glück. Mein Geschäft läuft
weiter.", lachte er.

„Er besitzt ein Foodtruck-Unternehmen.", übernahm Lissi das Wort. „Somit ist er mehr oberster
Chef als Arbeiter."

„Also ein bisschen arbeiten tue ich schon noch."
Lukas streckte ihr die Zunge heraus. „Und ich
habe schon gehört, dass du und Christoph leider
eure Jobs verloren habt. Tut mir leid."

„Ja, leider. Wir haben gerne dort gearbeitet.", gab
sie etwas betrübt zurück.

„Oh ja, es war schon lustig.", meldete sich Christoph zu Wort.

„Entschuldigt, dass ich mich einmische, aber wir
wollen hier nun nicht beginnen Trübsal zu
blasen.". Lissi stand auf. „Also werde ich erstmal
eine zweite Flasche Sekt holen. Lasst uns auf
zwei tolle Wochen anstoßen und Spaß haben."

„Bestens. Ich sorge für etwas gute Musik." Christoph stand ebenfalls auf, um einen Lautsprecher
zu holen.

Lukas machte auf Mia einen sympathischen Eindruck. Seinen Namen hatte sie schon einmal gehört, gesehen hat sie ihn heute jedoch zum ersten Mal. Er hatte liebevolle Augen und seine etwas kürzeren dunkelblonden Haare waren zu einer schicken Frisur gestylt. Er schien öfter Sport zu machen und auch sein Drei-Tage-Bart stand ihm gut. So weit sie wusste, musste er ein Jahr älter als Christoph sein. Mia musste sich eingestehen, dass Lukas ein sehr attraktiver Mann war. Sie hoffte, beim Begutachten seiner Person nicht ertappt zu werden. Schauen darf *Frau* schließlich, dachte sie sich. Aber es war nicht nur Mia, die musterte, auch er tat es. Lukas gefiel es, wie sie ihr langes, hellbraunes Haar beinahe wild legere weit hochgesteckt hatte und auf eine schöne Art ganz natürlich herüberkam.

„Und, warum ist dein Freund nicht mitgekommen?", versuchte er ein Gespräch zu beginnen.

„Das haben dir Christoph und Lissi noch nicht erzählt.", feixte sie.

„Nein.", sagte er kleinlaut. Lukas wurde nämlich rein gar nichts erzählt und daher war es eher eine Fangfrage, um zu erfahren, ob sie einen Partner hatte. Er beließ es aber dabei.

„Er hat keinen Urlaub bekommen, deshalb habe ich mich dazu entschlossen, alleine mitzufahren.", antwortete sie ihm.

„Da geht es dir ja fast wie mir."

„Ach wirklich?!"

„Fiona ist Model und hat einen Auftrag bekommen, den sie nur ungern hätte ausschlagen wollen."

„Model, Respekt. Dann ist sie sicher eine Schönheit."

„Ja und dessen ist sie sich bewusst." Lukas begann leicht zu schmollen.

„Daniel, also mein Freund, arbeitet auf Baustellen und er hat die Chance, zum Bauleiter befördert werden. Darauf setzt er im Moment seinen Fokus und da ist Urlaub nun mal nicht drin.", gab sie monoton zurück. Ihr wurde bewusst, dass es Zeit war, das Thema zu wechseln. Die Gesichtszüge der beiden wurden beim Gespräch über die Partner etwas ernst.

„Sag, was bietest du denn an in deinen Foodtrucks?", lenkte Mia fragend ab.

„Softdrinks, Smoothies, Sandwiches, Wraps und Salate. Ab und an gibt es auch mal wechselnde Kuchen."

„Das klingt richtig lecker. Und wo..." Mia wurde von dröhnenden Lautsprechern unterbrochen. Christoph tänzelte mit Club House Musik und dem Lautsprecher in den Händen auf die Terrasse heraus. Mia richtete sich mit den Schultern zuckend zu Lukas, um ihm damit zu zeigen, dass ihr Gespräch somit wohl vorerst keine Chance mehr hatte. Lissi tanzte ihrem Freund mit zwei Flaschen Sekt in der Hand nach draußen nach. Sie hielt eine der Sektflaschen schräg nach oben und ließ den Korken in die Ferne springen.

„Lasst uns feiern.", schrie sie beinahe und Mia war die Erste, die sich auch nicht länger auf dem Stuhl halten konnte. Lukas schloss sich kurze Zeit später mit an und alle ließen sich vom Rhythmus der Musik leiten. Sie vergaßen alles um sich herum und genossen ihre Privatparty in vollen Zügen.

Der frühe Einstieg in das prickelnde Getränk machte es am Abend schwer, noch ein gutes Essen zu kochen. Auf dem großen Wohnzimmertisch wurde deshalb ein reichhaltiges Sortiment an kalter Küche serviert und jeder konnte sich nach Herzenslust daran bedienen. Der Fernseher wurde angeschaltet und ein guter Film wurde herausgesucht. Während die Mädels beim Sekt blieben, stiegen die Männer nun auf Bier um. Zu sehr stieg ihnen dieser zu Kopf. Lissi, die unbedingt *Pretty Woman* schauen wollte, wurde ihr Wunsch erfüllt. Lukas und Christoph gefiel es,

Mia und Lissi dabei zu beobachten, wie sie beinahe jede einzelne Szene mitsprechen konnten. Sie amüsierten sich darüber, wie sie über Richard Gere schwärmten und wie gerne sie doch die Rolle der Julia Roberts übernommen hätten. Nach dem Film gesättigt und noch immer auf einem angenehmen Alkohollevel, steigerte sich die Energie aller. Vor allem jedoch bei den zwei Damen. Mia wünschte sich den Soundtrack des Films mit dem Lied schlechthin und die zwei tanzten voller Freude dazu. Lukas und Christoph schauten ihnen interessiert bis belustigt dabei zu. Mia und Lukas verhielten sich den restlichen Abend beinahe so, als würden sie sich schon längere Zeit kennen. Man hätte meinen können, sie wären vertraute Freunde, die sich auch mal gegenseitig einen lustigen Spruch entgegenbrachten und sich gegenseitig gerne neckten.

Kapitel 5

„Wie weit ist es denn noch?", hechelte Mia beinahe kläglich.

„Meinst du wie weit, oder meinst du wie hoch?", lachte Christoph sie aus. Am heutigen Tag entschieden sich die vier, eine Bergwanderung zu unternehmen. Das Wetter war wundervoll und da auf den höher gelegenen Bergen noch zu viel Schnee lag, entschieden sie sich für das Bolsterlanger Horn. Der gestrige Alkohol brachte ihnen für die Wanderung müde Knochen.

„Ach kommt schon. Das ist einer der einfachsten Aufstiege.", rief Lissi voller Energie und viele Meter weiter vor den anderen. „Die Hälfte haben wir bereits und schaut, da oben liegt sogar noch etwas Schnee."

„Ich würde die Begeisterung gerne mit dir teilen Lissi, aber..." Mias Kommentar wurde durch einen Sturz beendet. Sie hatte einen Stein übersehen und stolperte darüber. Sofort jedoch begann sie über sich selbst zu lachen und rappelte sich wieder auf. „Ups." Alle lachten mit ihr. Lukas half ihr etwas und zog sie am Oberarm hoch.

„Soll ich dir lieber meine Brille leihen?", fragte Christoph voller Ironie.

„Nein danke, du brauchst sie sicher dringender als ich.", witzelte Mia. „Schließlich sollst du uns nicht vom Berg fallen."

Jeder von ihnen gab alles. Der Weg nach oben war ziemlich eben. An einigen Stellen zeigten sich Schneereste und ab und an war es etwas schlammig. Oben angekommen, lag noch einiges an Schnee, was die kleine Gruppe zu einer kleinen Schneeballschlacht animierte. Der restliche Weg auf das Bolsterlanger Horn musste durch die schneebedeckten Äste etwas bedachter nach oben gelaufen werden. Teilweise war es etwas glatt und somit nicht ungefährlich. Die Männer halfen den Damen stets und hielten ihnen die Hand hin. An der Aussicht angekommen, war der anstrengende Aufstieg vollends vergessen. Sie legten eine Decke auf die dort stehende Bank und setzen sich darauf, um die Aussicht zu genießen. Christoph öffnete jedem ein Bier und verteilte belegte Brote. Lissi legte glücklich ihren Kopf auf Christophs Schulter ab. Mia sah es und lächelte in sich hinein, danach sah sie wieder in die mit Bergen und Landschaft übersäte Ferne.

„Es ist wunderschön, nicht wahr?!", sagte Lukas beinahe leise neben ihr.

„Es ist atemberaubend und ja, wunderschön."
Mia lächelte ihn an.

Mia sah verträumt in die Weite. Die Berge waren mit Schnee bespickt. Von hier oben sah alles so friedlich und ruhig aus. Alle Probleme und schweren Gedanken schienen bei diesem Anblick nichtig. Sie dachte sich, wie es wohl Daniel hier gefallen würde. Ob er diese Aussicht auf die Natur genießen würde, ohne einen dummen Kommentar abzugeben. All dies einfach einmal auf sich wirken lassen und sehen, wie viel Kraft die Natur besaß. Doch im gleichen Moment dachte sie daran, wie sie ihren Freund kannte. Er wäre womöglich der Ruhelose. Würde bereits nach nicht einmal einer Viertelstunde die nächste Tour planen. Er würde Mia womöglich einen spöttischen Hieb geben, wenn sie über die Faszination des Gegebenen fachsimpeln würde. Sie musste sich eingestehen, dass sie diesen Moment zwar gerne mit ihm teilen würde, aber trotz allem froh darüber war, mit ihren Freunden und Lukas hier zu sein. Der ein oder andere Blick zu ihm zeigte Mia, dass auch er in Gedanken versunken zu sein schien. Seine Mimik wirkte entspannt und nachdenklich im Wechsel. Jeder der vier genoss diesen Augenblick auf seine Art und Weise.

„Uh.", kam es aus Lissi herausgeplatzt. Sie sah auf ihr Handy und richtete sich dann an die anderen. „Clint möchte heute Abend mit Victor vorbeikommen."

„Oh ja, endlich ist es so weit und wir lernen Victor kennen.", erwiderte Christoph.

„Wir könnten ja etwas kochen.", entgegnete daraufhin Mia.

„Das ist eine gute Idee." Lissi steckte ihr Handy wieder in die Tasche.

„Ich habe Clint ewig nicht mehr gesehen. Ich wusste gar nicht, dass er auch mit hier ist.", kam es von Lukas.

„Als wir Clint von unserem Vorhaben erzählt haben, war er sofort dabei. Sein liebster Victor wohnt ihn Kempten und die beiden haben sich so lange nicht mehr gesehen. Es wird ihnen einfach nicht bewusst, dass die zwei füreinander bestimmt sind, nicht wahr, Schatz?!"

„Das stimmt allerdings. Clints und Victors Liebelei geht schon über Jahre, aber keiner scheint sich zu trauen eine ernsthafte Beziehung daraus entstehen zu lassen."

„War Clint nicht jemand, der Angst davor hat, sich vollends zu outen?", wollte Lukas wissen.

„Ja, er hat große Probleme damit, sich mit seiner Homosexualität öffentlich zu zeigen. Aber glücklicherweise weiß er, dass er sich bei uns nicht verstellen muss.", antwortete ihm Christoph. „Ich denke, dann sollten wir allmählich wieder den Heimweg antreten.", fügte er hinzu.

Sie gönnten sich noch ein paar Minuten, ehe sie wieder alles in den Rucksäcken verstauten. Der Abstieg verlief wesentlich schneller und sie waren bereits nach einer guten Stunde wieder herunten angekommen. Der weitere Fußmarsch zum Haus würde eine weitere Stunde andauern. Ihnen war es zu gefährlich, das Auto auf einem Parkplatz zu parken. Das Kennzeichen würde sie verraten und sie wollten nicht überprüft werden. Die Corona-Regeln waren zwar nicht mehr allzu streng, doch trotz allem weiterhin mit Vorsicht zu genießen. Stets war es traurig, was diese Pandemie den Menschen an Freiheit genommen hatte. Die geplante Freiheit für die nächste Zeit wollten sich Lissi und die anderen deshalb nicht gefährden und letzten Endes nehmen lassen.

Wieder im Haus angekommen atmeten alle tief durch. Christoph und Lukas setzten sich die Rucksäcke ab und kreisten ihre Schultern zur Entspannung. Lissi ging zur Küchenzeile und holte einen Topf aus dem Schrank heraus. Sie füllte diesen mit Glühwein und Mia, Lukas und Christoph setzten sich wartend auf die Hocker.

„Das ist eine sehr gute Idee von dir.", grinste Mia.

„Ich habe langsam das Gefühl, dass wir alle mit einem Alkoholproblem von hier weggehen werden.", lachte Lukas.

„Willst du lieber keinen?", fragte Lissi ironisch.

„Bist du wahnsinnig. Nur her damit.", rief er lauthals und stand auf. Er ging an den Schrank und holte vier Tassen heraus. „Ich helfe dir sogar dabei." Alle lachten.

„Was wollen wir denn heute Abend kochen?", fragte Mia etwas später.

„Einen Auflauf vielleicht?", fragte Lissi in die Runde.

„Ist das nicht etwas zu schlicht, Schatz?"

„Wir sind doch schlicht." Sie streckte Christoph neckisch die Zunge heraus.

„Ich hätte eine Idee." Lukas richtete sich an die anderen. Sie warteten erwartungsvoll auf weitere Worte.

„Ihr sagt doch, dass Clint eher etwas zurückhaltend ist, wenn es um Victor geht. Ich denke, steif am Tisch sitzend fällt es schwerer, sich zu unterhalten und eine lockerere Atmosphäre aufzubauen, als wenn wir in Bewegung sind. Deshalb würde ich vorschlagen zu grillen. Ganz ungezwungen. Wenn es uns draußen zu kalt wird, dann können wir es immer noch nach drinnen verlagern. Was haltet ihr davon?"

Mia ging zuerst auf den Vorschlag ein. „Das hört sich nach einer guten Idee an. Lissi, wir könnten Salate machen und uns um Baguette und alles Weitere kümmern. Die Männer sind natürlich für den Grill verantwortlich."

Lukas nickte ihr zustimmend entgegen, als wolle er ihr damit bestätigen, dass sie seinen Vorschlag bestens verstand. Lissi und Christoph waren auch einverstanden und somit stand der kleinen Grillfeier nichts mehr im Wege.

Alle vier hatten ihre Aufgaben und die Zeit bis zum Abend verging rasend schnell. Es war bereits nach sechs Uhr und Clint und Victor könnten jeden Moment kommen. Lukas und Christoph feuerten den Grill an und tranken Bier. Mia und Lissi deckten den Tisch und genossen derweil einen guten Rotwein. Heraußen war es zwar etwas kühl, aber etwas dicker eingepackt beinahe angenehm. Christoph hatte vorab eine Holzgarnitur aufgebaut, welche die zwei Frauen schön gestalteten. Das Essen war vorbereitet, im Hintergrund lief Musik und der kleinere Tisch der Terrassengarnitur war reich befüllt. Lissi war stets bestrebt, vielerlei anbieten zu können und hatte Mia in der Küche gut gefordert. Es gab Kartoffel-, Nudel- und Grünsalat. Baguette gefüllt und ungefüllt und einen Knoblauch- sowie Kräuterdip. Drei reichlich gefüllte Teller mit Tomate, Mozzarella, Oliven, Käsestücken und Trauben gab es natürlich auch. Es sollte an nichts fehlen. Fünf verschiedene Saucen für Steaks oder Würste gab es auch zur Auswahl. Als Deko auf dem Tisch gab es Servietten, auf denen Kerzen, Pfeffer und Salz sowie Gläser standen. Lissi verlieh allem gerade noch den letzten Schliff, da umarmte sie Christoph von hinten.

„Wie viele Leute kommen heute?", feixte er und gab ihr einen sanften Kuss auf den Hals.

„Du weißt, ich bin gerne vorbereitet und möchte, dass es an nichts fehlt."

„Oh ja, das weiß ich. Du bist und bleibst eine Perfektionistin."

Lissi drehte sich zu ihm um und gab ihm einen Kuss. „Ich bin deine Perfektionistin."

„Die bist du." Er gab ihr einen weiteren Kuss und sie lächelten einander an.

Mia hatte sich rasch noch etwas Wärmeres angezogen und kam gerade die Treppe herunter, als es an der Tür klingelte.

„Ich mache auf.", rief sie und öffnete die Haustür.

„Hey ihr zwei. Wir haben schon auf euch gewartet.", begrüßte sie Clint und Victor herzlich.

Sie traten ein und Clint lächelte. Victor wirkte leicht zurückhaltend, aber Mia war sich sicher, dass das Eis schnell brechen würde.

„Ich bin Mia, hi.", stellte sie sich vor und gab ihm die Hand.

„Hi, Victor.", gab er freundlich zurück.

„Die Jacken könnt ihr wohl anlassen, wir grillen draußen."

„Na dann gehen wir mal zu den anderen." Clint ging voraus.

„Clint, hey und Victor, schön dich endlich einmal kennenzulernen." Lissi war voller überschwänglicher Freundlichkeit. „Ich bin Lissi und die beiden hier sind Lukas und Christoph. Christoph gehört zu mir."

„Auch schön euch kennenzulernen. Ich nehme dann mal an, dass Lukas somit zu Mia gehört?"

Eine kurze Zeit der Stille überflog die Runde. Mia und Lukas schauten einander an und lachten.

„Wir haben uns erst hier kennengelernt.", gab Lukas zurück.

„Oh, tut mir leid. Ihr würdet aber ein schönes Paar abgeben."

Lissi gefiel diese Aussage. Victor schien nicht auf den Mund gefallen zu sein. Mia und Lukas versuchten es zu ignorieren, aber keiner wollte damit beginnen, seine Beziehung zu erwähnen.

„Was wollt ihr trinken?", fragte Mia zur Ablenkung.

„Ich hätte gerne ein Bier. Du auch, Vic?", richtete Clint sich an ihn.

„Bier klingt gut.", bestätigte er.

Mia ging zum Bierkasten und öffnete zwei Flaschen für die beiden.

„Ihr wisst, dass ihr zwei heute hier schlafen könnt?!", richtete sich Christoph an sie.

„Ja, Clint hat mir das schon gesagt. Vielen Dank."

„Also der Grill ist bereit. Wollen wir loslegen?", fragte Lukas in die Runde.

„Ja, legen wir los. Wir brauchen ja auch erstmal etwas im Magen.", antwortete Lissi für alle.

Mia ging in die Küche und holte das Fleisch und die Würste aus dem Kühlschrank. Sie packte es aus und legte es auf einem Tablett aus. Mit dem Tablett und einer Grillzange in den Händen ging sie hinaus und brachte es zu Lukas.

„Bitteschön, Herr Grillmeister."

„Dankeschön, Schatz.", grinste er spaßig, nahm ihr die Grillzange aus der Hand und legte alles nach und nach auf den Grillrost auf.

„Sehr gerne." Sie lächelte keck, doch brachte rasch das nun leere Tablett in die Küche zurück. Sie glaubte, leicht rot geworden zu sein.

Victor musste sich allerlei Fragen stellen, welche vor allem von der neugierigen Lissi kamen. Er schien sich aber keineswegs bedrängt zu fühlen. Bereits nach kurzer Zeit hatte er sich bestens in die Gruppe integriert und fühlte sich wohl und akzeptiert. Er war liebevoll, offen und doch konnte er wahnsinnige Sprüche einwerfen, die alle zum Lachen brachten. Clint, der zu Beginn noch ziemlich vorsichtig wirkte, obwohl er wusste, dass er sich hier keineswegs verstellen muss, wurde Minute um Minute lockerer.

Das Essen war nach rund fünfzehn Minuten verteilt worden und es folgte somit eine Gesprächspause. Jeder machte sich über die Beilagen her und ließ es sich schmecken. Mit vollen Mägen und einer im Team stattgefundenen Aufräumaktion, beschlossen alle heraußen zu bleiben und ein Lagerfeuer zu machen. Clint und Victor hatten nach dem zweiten Bier die Einladung zur Übernachtung angenommen, um sich dem Trinken von Shots anschließen zu können. Die Stimmung wurde immer ausgelassener. Sie saßen auf den, um das Feuer platzierten, Bierbänken. Christoph neben seiner Lissi, Victor dicht an Clints Seite und Mia und Lukas mit leichtem Abstand zueinander. Ein weiterer Abend nahm seinen Lauf, in welchem der Alkoholgenuss an oberster Stelle stand.

Kapitel 6

„Wisst ihr, auf was ich jetzt richtig Lust hätte?", warf Mia in die Runde. Alle blickten sie abwartend an. „Absinth. Das wäre jetzt was."

„Wie kommst du denn jetzt darauf?", wurde sie von Clint gefragt.

„Keine Ahnung. Kam mir gerade so in den Sinn. Das letzte Mal war bei mir mit 14 oder so."

„Solange nur das zum letzten Mal mit 14 war.", entgegnete Victor spöttisch. Die Runde kicherte.

„Du sollst nun nicht von meinem Wunsch nach Absinth ablenken." Sie streckte ihm die Zunge heraus und begann zu lachen.

Lissi tuschelte kurz mit Christoph. Er stand auf und ging ins Haus. Nach ein paar Minuten kam er, die Hand hinter dem Rücken versteckt zurück. Mia, die sich noch immer einen witzigen Schlagabtausch mit Victor lieferte, bei dem alle amüsiert zuhörten, sollte nun ihren Absinth bekommen.

„Bitteschön, die Dame. Wie sie möchten, so geschieht." Christoph hielt ihr die Flasche vor das Gesicht.

„Ich fasse es nicht. Wie toll." Dankend nahm sie diese entgegen und öffnete die Flasche, um auszuschenken.

„Ihr trinkt doch alle einen mit, oder?"

Lissi kam mit ihrem Glas zu ihr. „Keiner oder alle. Schenke ein, den guten Stoff."

„Langsam frage ich mich, was ihr denn nicht hier habt.", erwiderte Clint, der sein Glas auch schon parat hatte.

„Zu meiner Verteidigung. Der gehört meinen Eltern und wurde nicht von mir mitgebracht."

„Da wissen wir ja nun, von wem du das alles hast.", feixte Lukas.

„Alkohol tut eben der Seele gut, auch wenn ich jetzt schon weiß, wie es uns morgen ergehen wird." Lissi wankte zum Spaß.

Mia erhob ihr Glas. „Ich denke, gerade in diesen Zeiten sollten wir jeden einzelnen Tag genießen und uns einen Dreck darum scheren, was morgen ist.", platzte es aus Mia heraus.

„Hört, hört!", sagten die anderen und stellten sich mit um das Feuer. Der Absinth floss darauf ihre Kehlen hinunter. Mia verzog das Gesicht. Lukas stieß sie leicht in die Seite.

„Na, hast es wohl anders in Erinnerung?"

„Ich glaube schon."

Lukas zeigte mit der Flasche auf, allen nachschenken zu wollen. Jeder hielt sein Glas bereit.

„Mit dem zweiten Glas wird es besser." Jeder war sich sicher, dass es wohl nicht der letzte Shot gewesen sein sollte.

Die Stimmung war nach einer guten Stunde auf dem Höchststand. Nur fiel das Sitzen ohne Lehne immer schwerer. Lissi lag mit dem Kopf auf Christophs Schoß und fachsimpelte über die Sterne. Clint und Victor hatten die Arme umeinandergelegt. Sie gaben sich stets einen kleinen liebevollen Kuss. Sie sahen so süß und vertraut miteinander aus. Mia verstand jetzt, von was Lissi und Christoph in Bezug auf die beiden Männer sprachen. Mia hoffte für sie, dass sie ihren gemeinsamen Weg finden würden. Lukas blickte in das Feuer und schien gedankenverloren.

„In welcher Geschichte befindest du dich gerade?", wollte Mia wissen und schaute ihn von der Seite aus an. Lukas drehte sich zu ihr und blickte ihr tief in die Augen. „Ich bin genau da, wo ich gerade sein möchte.", gab er ihr zur Antwort. Sein Blick war so eindringlich und einfühlsam. Hatte er unter anderem sie damit gemeint? Im Moment befand sie sich im Hier und Jetzt und verschwendete keinerlei Gedanken an jemand anderen. Daniel schien weit weg zu sein und Lukas` Blick hielt sie gefangen.

„Das ist schön, dass du hier sein möchtest."

„Und du?"

„Ich möchte auch nicht woanders sein.", gab sie vollen Herzens zu.

„Das ist schön.", wiederholte er ihre Wörter und grinste leicht.

„Darf ich dich etwas fragen? Es ist etwas persönlich." In Mias Stimme hörte man einen leicht spöttischen Ton heraus.

„Ich bin gespannt. Vielleicht antworte ich.", munkelte er.

Durch den Einfluss des Alkohols wurden die Sätze allmählich sinnfreier und es dauerte, auf den Punkt zu kommen. Dies erging allen so. Hätte sich ihnen derzeit jemand Nüchternes angeschlossen, hätte der wohl nur den Kopf geschüttelt.

„Hättest du Lust, meine Stuhllehne zu sein?" Mia zeigte sich ihm fast mit Hundeblick.

„Da hat wohl jemand zu viel getrunken?"

„Ich, niemals." Provokant witzelnd hob sie ihre Bierflasche zum Trinken an.

„Du könntest wenigstens mit mir anstoßen, ehe du allein trinkst."

„Dann noch einmal.", Sie erhob ihre Flasche und Lukas machte es ihr gleich. „Prost."

Lukas stand auf und setzte sich mit den Beinen rechts und links auf den Boden absetzend auf die Bank. Er zeigte Mia mit einem Wink sich vor ihn zu setzen. Sie lehnte sich an seinen Oberkörper und streckte die Beine auf der Bank aus.

„Hast du es gemütlich?"

„Oh ja, es ist perfekt."

Er griff nach unten auf den Boden und schenkte den beiden einen weiteren Shot ein. Er gab ihr ein Glas und stieß mit seinem gegen ihres.

„Auf die Gemütlichkeit."

„Auf die Gemütlichkeit."

Lissi, die zwar in den Sternenhimmel versunken war, blieb das nicht unbemerkt. Sie kniff Christoph in den Arm und als sich ihre Blicke trafen, forderte sie ihn auf, zu Lukas und Mia zu sehen. Beide erfreuten sich über diesen Anblick. Clint, der wiederum Lissi und Christoph ansah, kniff fragend die Augen zusammen. Es schien, als würden die zwei das genau so sehen wollen. Er schmiegte sich wieder an Victor und genoss es, den Flammen des Feuers zuzusehen.

Nach einer guten halben Stunde wurde es kälter in der Runde.

Keiner wollte daran denken, den Abend zu beenden. Es war noch nicht einmal Mitternacht.

„Habt ihr noch Feuerholz oder wollt ihr das Feuer langsam ausgehen lassen?", fragte Victor in die Runde.

Lissi war just wieder hellwach. „Seid ihr schon müde? Wir können gerne noch etwas nachlegen."

„Hier geht noch keiner ins Bett.", rief Lukas.

„Wenn ihr mir sagt, wo ich es finde, dann hole ich welches.", bot Victor an.

„Danke dir. Es ist dort hinten, neben dem Schuppen." Christoph zeigte ihm mit der Hand den Weg.

„Ich helfe dir, Vic.", entgegnete ihm Clint. Die beiden kamen zweimal vollbepackt zurück und es verbreitete sich nach dem Nachlegen, wieder angenehme Wärme. Das restliche Holz wurde an die Seite gelegt.

Mia fühlte sich unendlich wohl. Angeschmiegt an Lukas, auch wenn er eigentlich ein Fremder für sie war. Er hatte die Hände entweder in seinen Jackentaschen vergraben oder sich mit ihnen auf der Bank abgestützt. Sie dachte sich, wenn nicht sie, sondern Fiona vor ihm sitzen würde, dann wären seine Hände wahrscheinlich bei ihr. Ehe sie aber nun beginnen würde daran oder aber an Daniel einen Gedanken zu verschwenden, verwarf sie diese Negativität wieder und ließ sich wieder in jenem Moment fallen. Lukas und sie unterhielten sich über belanglose Dinge. Insofern es ihr nicht mehr allzu breiter Wortschatz zuließ. Mia blieb jedoch nichts anderes übrig, als sich von dem derzeitigen Wohlgefühl zu trennen. Sie richtete sich auf und löste sich von Lukas.

„Braucht ihr was von drinnen, wenn ich eh rein muss?"

„Ich hätte gerne noch eine Flasche Rotwein.", kam es von Lissi.

„Uns Männern kannst du bitte noch den Marillenschnaps mitbringen, außer ihr vertragt nichts mehr." Lukas, Clint und Victor waren gleich dabei. Keiner wollte sich am Ende sagen lassen, er würde nichts vertragen.

Mia ging rasch auf die Toilette, denn ihre Blase drohte bereits zu explodieren. Zurück in der Küche, holte sie Wein und Schnaps und wollte wieder nach draußen gehen. Sie sah ihr Handy auf der Küchentheke liegen. Sie hatte es den ganzen Tag nicht beachtet. Sie beschloss, einen kurzen Blick darauf zu werfen. Kurz überkam sie ein schlechtes Gewissen. Sie hatte sich gar nicht bei Daniel gemeldet. Ihr Display aktiviert, sah sie nichts. Kein Anruf in Abwesenheit, keine Nachrichten. Rein gar nichts. Etwas Wut stieg wieder in ihr auf.

„Alles in Ordnung? Du bist so rasch aufgestanden?" Lukas stand plötzlich neben ihr.

„Ja, alles bestens. Ich musste nur dringend für kleine Mädchen.", grinste sie und legte ihr Handy wieder zurück auf den Tresen. Sie nahm die zwei Flaschen und ging wieder hinaus in den

Garten. Lukas kam wenig später auch wieder heraus. Er setzte sich dicht an Mias Seite.

„Hat er dir denn geschrieben?", fragte er leise. Lukas wusste ganz genau, was los war.

„Nein.", antwortete sie kurz.

Lukas lachte vorsichtig.

„Was ist denn so lustig?", wollte sie verdutzt wissen.

„Ich habe es dir gleichgetan und mal rasch auf mein Handy geschaut."

„Und, hat sie dir geschrieben?", fragte nun Mia schmunzelnd.

„Nein.", gab er als kurze Antwort zurück.

„Lassen wir uns den Abend oder besser gesagt die heutige Nacht nicht verderben, was meinst du?!"

Diesmal war es Mia, die den beiden Absinth nachschenkte. Sie gab Lukas sein Glas und forderte zum Zuprosten auf.

„Du hast vollkommen recht. Zum Wohl."

„Zum Wohl."

„Hey ihr zwei, stop. Ihr könnt doch nicht stets alleine trinken. Schenkt uns bitte auch was ein.", feixte Christoph.

„Oh, tut uns leid. Nur her mit den Gläsern."

Alle hatten wieder etwas Kraft getankt und es wurde weiter ausgiebig gelacht und gefachsimpelt. Die Nacht schien noch lang zu werden.

„Darf ich wieder deine Stuhllehne sein?", frage Lukas.

„Sehr gerne." Mia lächelte ihn an.

Kapitel 7

Zwölf Uhr mittags war es, nachdem sich alle gemeinsam zum Kaffee zusammensetzten. Jeder Einzelne sah durch Augenschlitze hindurch, aber alle waren sie sehr gut gelaunt.

Die gestrige kleine Feuerstellenfeier ging bis in die frühen Morgenstunden. Es wurde noch viel gelacht und vor allem getanzt. Der heutige Tag würde mit viel Ruhe und Gelassenheit verbracht werden. Da waren sich alle einig. Clint und Victor fuhren am Nachmittag wieder zu ihm in seine Kemptner Wohnung, meldeten sich aber schon vorab wieder für einen Besuch an. Sie wollten ihre langersehnte Zweisamkeit genießen.

Lissi und Christoph entschieden sich den Rest des Tages als Couchpotato zu verbringen. Mia hätte dem zwar nichts entgegenzusetzen gehabt, doch entschied sich für einen kleinen Spaziergang. Die Sonne schien und es zog sie einfach heraus. Ein wenig Frischluft tät ihr sicherlich gut, um ihren Kreislauf wieder in Schwung zu bringen. Lukas fragte, ob er sie begleiten dürfte. Mia freute sich darüber.

Sie liefen beinahe den gleichen Weg, den Mia vorgestern gegangen war. Sie nahmen nur eine

Abzweigung, da sie sich beide sicher waren, nicht zu lange laufen zu können.

„Also wenn wir das jetzt jeden Tag beziehungsweise Abend machen, dann weiß ich nicht, ob ich in zwei Wochen Alkoholiker bin.", lachte Lukas.

„Das dachte ich mir auch schon.", erwiderte Mia feixend. „Das Schlimme daran ist, dass man auch nicht wirklich nein sagen kann."

„Wir besitzen eben alle keine Selbstdisziplin mehr."

„Da sagst du was." Beide lachten.

„Sag mal, du und dein Freund, wie hieß er noch gleich?"

„Daniel.", antwortete sie kurz.

„Du und Daniel, ich hatte gestern irgendwie das Gefühl, dass du wütend warst, als du in der Küche gestanden hast."

„Irgendwie ja. Ich hätte einfach gedacht, er hätte sich mal gemeldet, aber nichts dergleichen."

„Habt ihr Probleme?", fragte Lukas nun direkt.

„Wer hat die nicht.", gab sie zurück. „Nein ernsthaft, ich bin mir schon lange nicht mehr so sicher, was uns angeht. Es ist kompliziert, schwierig.", sagte sie, ohne sich Gedanken darüber zu machen, dass sie Lukas eigentlich kaum kannte.

„Magst du mir eine Kurzfassung geben?"

„Interessiert dich das wirklich?"

„Ja, das tut es."

„Es ist wie so oft. Am Anfang ist alles bestens. Jeder geht auf den anderen ein. Man teilt Interessen und unternimmt gemeinsam etwas, ist voller wunderbarer Gefühle und gibt sie weiter und nach ein paar Jahren, da schläft das alles langsam ein."

„Das sollte es aber nicht."

„Nein, sollte es nicht, aber ich denke, es geschieht einfach, wenn sich die Partner in ihrer Persönlichkeit ändern. Er behandelt mich wie eine gute Freundin, lässt mich den Haushalt schmeißen, hört mir kaum noch zu und ist vollkommen ichbezogen. Ich komme mir einfach vor, als wäre ich nichts mehr wert." Mia pausierte. „Oh mein Gott, ich klinge ja wie eine Heulsuse."

„Quatsch."

„Was ist mit dir und Fiona? Seid ihr das perfekte Paar?", fragte sie schon fast voller Ironie. „Jetzt hätte auch ich gerne eine Kurzfassung."

„Fiona und ich sind nun drei Jahre ein Paar. Zu Beginn dachte ich, ich hätte den Jackpot geknackt. Wie ich bereits sagte, weiß sie, wie sie aussieht und wirkt deshalb auch ziemlich selbstverliebt. Sie scheint zu denken, dass sie, nur weil sie ein Model ist, auch tagtäglich auf Händen getragen werden müsste. Als ich mich auf meine

Unternehmenserweiterung fixiert habe und ein wenig unterwegs war, fehlte ihr dies anscheinend und na ja..." Nun pausierte er.

„Sag jetzt nicht, dass..."

„Doch, sie hatte was mit ihrem Personal Trainer. Eineinhalb Jahre nach Beginn unserer Beziehung. Sie braucht es, stets im Mittelpunkt zu stehen, und lässt sich nur allzu gerne bezirzen. Ich weiß nicht einmal, ob sie es jetzt ohne Ersatzmann schafft. Das Einzige, was sie von mir haben wollte, ehe ich hierhergefahren bin, war meine Kreditkarte.", entgegnete auch er Mia in beinahe völliger Vertrautheit.

„Wirklich?! Oh nein."

„Oh doch.", versuchte er fröhlich zu klingen, es gelang aber nicht.

„Bereust du es manchmal, ihr noch eine Chance gegeben zu haben?"

„Bereuen würde ich nicht sagen. Eher frage ich mich, ob es überhaupt einen Sinn hatte. Sie hatte mir damals versprochen, dass das nie wieder vorkommen würde, doch scheint noch höhere Ansprüche an mich zu stellen als vorher."

„Inwiefern?"

„Naja, kümmere dich nicht zu sehr um dein Unternehmen, beachte nur mich. Ich bin perfekt und du wirst nie eine bessere Frau bekommen. Trage mich auf Händen, halte mich aus und sei stets publik an meiner Seite, aber wehe dem, du unterhältst dich mal mit einer anderen."

Mia musste sich ein Kichern verkneifen, doch es fiel auf.

„So lustig also?!", sagte er scherzhaft.

„Nein, das ist es natürlich nicht, aber ich dachte, ich bin schlimm, wenn ich über meine Partnerschaft rede. Es beruhigt mich nur zu wissen, dass es anderen genauso geht."

„Liebst du Daniel noch?"

„Ich bin mir nicht sicher, um ehrlich zu sein."

„Vermisst du ihn im Moment."

„So schlimm es klingt, aber nein. Überhaupt nicht. Ich fühle mich richtig frei."

„Hast du schon einmal überlegt, dich von ihm zu trennen?", fragte er, immer persönlicher werdend.

„Ich denke sehr oft darüber nach. Darüber, ob das alles eine Zukunft haben soll und so. Was ist mit dir?"

„Ich bereue oft, es nicht nach ihrer Affäre beendet zu haben, aber ich hoffte wohl darauf, dass es noch gut ausgehen könnte."

„Manchmal brodelt es so in mir, dass ich einfach laut schreien wollen würde."

„Warum tust du es dann nicht einfach?"

„Vielleicht, dass die Nachbarn nicht denken, ich würde kurz vor einer Ermordung stehen?!", Mia lachte.

„Dann tu es doch hier. Es wird einem doch immer gesagt, man solle in den Wald gehen, um zu schreien. Schau dich um, nichts als Bäume und Wildnis."

Weit und breit war wirklich nichts außer dem Gesagten. Lukas und Mia liefen gerade einen Waldweg entlang und außer ihnen schien niemand weiter unterwegs zu sein.

„Ich glaube, ich kann das gar nicht.", gab sie schmollend zu.

„Schreien?", wollte Lukas ungläubig wissen.

„Ja, schreien."

„Wir tun es einfach gemeinsam. Denke an etwas, was dich innerlich fertig macht, und schrei es aus dir heraus."

Mia blickte sich nach rechts und links um. Schaute hinter und vor sich. Lukas schaute zu ihr und war etwas perplex.

„Also du scheinst mir eigentlich nicht eine Person zu sein, die auf den Mund gefallen ist. Umso mehr wundert es mich, dass du in dieser Hinsicht sehr schüchtern wirkst."

„Gut möglich." Mia war definitiv mehr als zurückhaltend.

„Es wird dir guttun, glaub mir." Lukas stellte sich einige Meter vor sie, holte tief Luft und schrie in den Wald hinein. Vögel schreckten auf und flogen von den Bäumen hinauf gen Himmel. Auffordernd und zustimmend blickte er zu Mia, sie drehte sich mit dem Gesicht von ihm weg, atmete ebenfalls tief ein und ein schrilles und langgezogenes *Aaahh* entsprang ihrer Lunge. Schon jetzt spürte sie, wie ihr die Röte ins Gesicht kam. Lukas grinste in sich hinein, denn er glaubte, ein Auslachen würde Mia noch mehr verunsichern. Sie drehte sich wieder zu ihm.

„Ich sagte doch, dass ich das nicht kann. Es ist wohl eher eine Wunschvorstellung." Sie blickte zu Boden wie ein kleines Kind.

„Vergessen wir die gerade verschluckte Hundepfeife.", kam es aus ihm herausgeplatzt, aber glücklicherweise fielen beide in Gelächter. „Dein Schrei kam mit der Kopfstimme, aber er muss tief aus der Brust herausgebracht werden."

„Sag mal, hast du das schön öfter getan?"

„Ab und an, ja.", gab er zu. „Wir gehen erst weiter, wenn du mich überzeugt hast."

Noch einmal tat Lukas es ihr vor. Mia kam sich vor wie bei einem Coach. Beim zweiten Mal klang es noch immer etwas schrill, doch beim erneuten Versuch gelang es ihr. Sie packte all ihre Sorgen und ihre Wut in einen imaginären

Luftballon und schrie lauthals in den Wald hinein. Es tat ihr so gut, dass sie es ein weiteres Mal tat. Lukas schien sichtlich begeistert.

„Und, wie fühlst du dich?"

„Hey, das war wirklich richtig befreiend.", grinste sie über ihren kleinen Erfolg. Unbedacht liefen beide weiter ihres Weges.

„Nun, da wir gestärkt sind, erzähl mir ein bisschen was über dich. Lassen wir unsere Beziehungsprobleme ruhen.", forderte sie Lukas auf.

„Ich mag es mich an Kleinigkeiten zu orientieren. Bin gerne in der Natur unterwegs und bewundere, was uns gegeben wurde. Ebenso genieße ich einen relaxten Couchabend bei einem guten Film und allerlei Süßigkeiten und Knabbereien. Um vom Alltag abzuschalten, backe ich gerne und, wie du wahrscheinlich schon mitbekommen hast, liebe ich es zu tanzen."

„Oh ja, dessen war ich mir schon am ersten Abend bewusst."

„Ansonsten ist da nicht mehr viel zu sagen. Obwohl, ich versuche, meine Kreativität in der Kunst mit Holz auszuleben. Nichts einzigartiges. Aber Holzstücke zu gravieren oder mit Details zu schmücken, das macht mir einfach Spaß."

„Also reiner Zeitvertreib oder würdest du gerne Geld damit verdienen?"

„Ich würde nicht behaupten, dass es mir als Ein-nahmequelle dienen könnte. Ich denke, dafür müsste ich mehr machen."

„Zumindest hättest du derzeit die Möglichkeit, dich intensiver damit zu beschäftigen. Vielleicht kommt dir mal eine passende Idee."

„Das stimmt, die derzeitigen Gegebenheiten wären passend dafür. Aber genug von mir, was ist mit dir?"

Die beiden waren so in ihr Gespräch vertieft, dass sie gar nicht zu merken schienen, wie sie näher aneinander liefen. Mia hatte sich sogar bei Lukas eingehakt.

„Nun ja, wie du weißt, betreibe ich ein Food-truck-Unternehmen. Ich habe mit Mitte zwanzig damit angefangen. Ich investierte in einen güns-tigen Foodtruck und meldete alles an. Ich stellte mich damit in die Nähe des Frankfurter Haupt-bahnhofes und experimentierte sehr mit den Speisen."

„Das bedeutet du kochst gerne?"

„Gerne ist wahrscheinlich untertrieben. Ich liebe es, zu kochen und das Ausprobieren neuer Geschmacksvarianten. Den Leuten schien es auf jeden Fall zu schmecken und ein Geschäftsmann, der gerade auf Reisen war, war mein Sechser im Lotto. Er war so begeistert und bot mir an, mir beim Erweitern meines Business zu helfen."

„Von welcher Firma kam er denn?"

„Er hatte interessanterweise nichts mit Essen am Hut, aber verdammt viel Geld. Er war Vorsitzender einer Marketingfirma und schien darin zu vertrauen, dass gute Werbung von mir erfolgreich sein würde."

„Er schien recht zu behalten."

„Ja, durch ihn habe ich sechs weitere Standorte dazubekommen und meine eigenen Angestellten vor Ort. Und ich möchte mich stets weiterentwickeln und verbessern."

„Wow, das klingt wirklich nach einer wahnsinnigen Erfolgsstory. Und ihr arbeitet immer noch zusammen?"

„Wir versuchen, den Kontakt zueinander, zu halten. Unser Deal war es, dass ihm bei erfolgreicher Vermarktung ein Anteil zugesprochen wird, und diesen habe ich ihm Anfang vorletzten Jahres vollends ausgezahlt. Seit diesem Zeitpunkt bin ich wieder unabhängiger. Ich bin ihm jedoch undenklich dankbar für alles."

„Nochmals, wow. Da kommt man sich neben dir ja beinahe unbedeutend vor.", versuchte Mia zu witzeln.

„Jeder ist bedeutend, Mia. Nur auf seine eigene Art und Weise." Lukas kam Ausgesprochenes plötzlich hochtrabend vor.

„Philosophisch bist du auch noch.", witzelte sie und stieß ihm neckisch in die Seite.

„Ich denke, du hast vielerlei Besonderheiten.", gab er voller Ehrlichkeit preis. Mia lächelte daraufhin schüchtern und wollte seine gesagten Worte nicht weiter analysieren. Die Wärme in seiner Stimme ließ sie sich gut fühlen und auch wenn sie einen kurzen Moment daran dachte, wie schön es doch wäre, dies von Daniel zu hören, begab sie sich wieder in das Hier und Jetzt und setzte den Spaziergang mit Lukas fort.

Lissi und Christoph waren beim Fernsehen auf der Couch eingeschlafen. In Kürze würde es schon wieder fünf Uhr am Abend sein. Sie ging an die Sofarückseite und richtete ihren Kopf zu den schlafenden Freunden hinunter.

„Hallo ihr zwei, aufstehen.", sagte sie leise und nach und nach öffneten sich ihre Augen.

Lissi streckte sich in alle Richtungen. „Wie spät ist es denn?", fragte sie gähnend.

„Es ist bereits Abend, ihr zwei Faulpelze.", feixte Lukas von der Küchenzeile aus. „Habt ihr Hunger?"

Christoph richtete sich zum Sitz auf und vergrub seinen Kopf im Gesicht. „Mein Schädel brummt, aber ja, etwas Hunger hätte ich schon."

„Dabei warst du der mit den großen Tönen, eine weitere Flasche Schnaps zu öffnen." Mia lachte. „Ihr hättet vielleicht mitgehen sollen. So ein Spaziergang ist gut für einen verkaterten Körper."

„So eine Couch hat aber auch etwas für sich.", entgegnete Lissi und streckte erneut alles von sich. „Ich glaube, ich werde mal unter die Dusche springen. Kochst du, Lukas?"

„Ja. Ich werde mal sehen, was der Kühlschrank und Co. alles so hergibt."

„Dann kann mich der gerade kennengelernte Meisterkoch ja gleich mal von seiner Fähigkeit überzeugen."

„Das werde ich. Da sei dir sicher."

„Ich werde vorher aber auch noch rasch unter die Dusche springen."

„Die Zeit habt ihr. Und du Christoph?"

„Ich warte hier, bis das Essen serviert wird.", antwortete er voller Müdigkeit. Die letzte Flasche hätte wirklich geschlossen bleiben sollen.

„Ich könnte dir auch ein Konterbier an die Couch bringen?"

„Danke, aber nein. Frag mich in zwei Stunden nochmal." Kaum ausgesprochen, legte sich Christoph wieder hin.

Schon als Mia die Treppe hinunterging, kam ihr ein leckerer Geruch entgegen. Sie lief weiter zur

Küche und lehnte sich an die Theke, um einen Blick auf die Töpfe zu erhaschen. Lukas schnippelte auf der anderen Seite der Zeile Gemüse. Sorte für Sorte landete daraufhin in der heißen Pfanne.

„Also riechen tut es schon einmal sehr gut."

„Na dann hoffe ich mal, dass dich auch der Geschmack überzeugen wird."

Im Wechsel wendete er das bratende Gemüse in der Pfanne und rührte die Soße im Topf um. In einem weiteren Topf köchelten drei Beutel Reis.

„Allem Anschein nach und schon allein dem Duft nach zu urteilen, wird es wohl ein chinesisches Gericht."

„Da liegst du richtig. Zumindest gebe ich mein bestes.", grinste er. „Hättest du Lust, den Tisch zu decken? In wenigen Minuten kann es losgehen."

„Nur wenn ich vorher von der Soße probieren darf.", versuchte Mia einen Deal auszuhandeln.

„Dann musst du aber hierher kommen."

„Das bekomme ich hin." Mia lief um die Theke herum und stellte sich neben Lukas. Er tunkte einen Löffel hinein und hielt ihn Mia hin. Sie pustete kurz und probierte.

„Mmh, lecker." Die Soße schmeckte perfekt süß-sauer und brachte eine leichte Schärfe mit sich.

„Wirklich, ja?!"

„Ja, wirklich. Einfach köstlich. Dann beginne ich mal den Tisch zu decken."

„Super, danke dir."

Lissi kam pünktlich zum Essen wieder nach unten und auch Christoph schaffte es, seinen müden Körper von der Couch zu erheben. Lukas hatte mit seinem chinesischen Essen bei allen gepunktet und sollte am besten von nun an, nur noch für das Essen zuständig sein. Der Abend nahm seinen Lauf und die Bettschwere brachte Lissi und Christoph dazu, bereits vor neun Uhr am Abend ins Bett zu gehen. Die zwei wurden am heutigen Tag einfach nicht fit und ihr voller Magen machte es ihnen nicht einfacher. Lukas und Mia hingegen hatten durch ihren Spaziergang an der frischen Luft wieder etwas mehr Energie bekommen und machten es sich somit auf der Couch gemütlich und zappten etwas herum, um sich nach ein paar Minuten für einen älteren Film zu entscheiden, welchen sie beide kannten und der ihnen gefiel. Sie beteiligten sich rege an den dort stattfinden Konversationen und analysierten die Geschichte. Nach dem Film gingen sie zu einer Show über, bei der Mia letzten Endes mitten darin auf der Couch einschlief. Lukas wollte sie nach einer weiteren halben Stunde nicht wecken, als er sich dazu entschloss, ins Bett zu gehen, schaltete den Fernseher aus und deckte Mia mit einer auf der Couch liegenden Decke zu.

Kapitel 8

Mia wachte in den frühen Morgenstunden auf der Couch auf und wanderte halbschlafen in ihr Bett. Wenige Stunden später und ausgeschlafen blickte sie auf ihr Handy. Daniel hatte ihr ein Foto geschickt und mehr Text als sonst. Auf dem Bild war ein Zirkuszelt und dessen Werbetafel an der Straße zu erkennen. Mia las Daniels dazugehörige Nachricht: *Ich war gerade auf dem Weg zum Imbiss, nahe einer Baustelle, und musste an dich denken, als ich sah, dass auf der gegenüberliegenden Wiese ein Zirkus sein Zelt aufbaut. Weißt du noch, wie du das eine Mal ausgerastet bist? Ich habe es gefeiert. Mache jetzt gestärkt weiter.*

Im ersten Moment dachte sich Mia, dass ihr die Worte „Guten Morgen" oder am Ende ein „Ich denk an dich" oder Ähnliches fehlte. Im Nachhinein aber kannte sie Daniel. Er war nicht der Mann der großen Worte. Ihr die Nachricht zu schreiben hatte sicherlich einige Minuten gedauert. Und ja, sie wusste noch, wie sie ausrastete, als Daniel und sie vor knapp zwei Jahren am Aschaffenburger Volksfestplatz unterwegs waren und ein Zirkus dort seinen Platz gefunden hatte. Es war Mitte August und brechend heiß in der Sonne. Die Tiere standen angebunden in der prallen Sonne und sahen fix und fertig aus. Zumindest machte das Mia den Anschein. In solchen Momenten oder aber auch etlichen Umständen, in denen es Vierbeinern nicht gut zu gehen schien, kochte innerlich die Wut und äußerlich flossen gerne einmal die Tränen. Sie sagte Daniel, wie leid ihr die Fellnasen taten und das sie es für schlichtweg nicht in Ordnung hielt. Wenigstens könnte ein großes Tuch als Dach und zum Schutz dienen. Ein Zirkuskünstler oder aber der Betreiber der Show, kam heraus, bekleidet mit Sonnenbrille und Strohhut. Mia, die sonst eigentlich sehr schüchtern war, schrie aus knapp zwanzig Meter Entfernung, dass sie hoffe, sie würden keine Karten verkaufen, da Tiere keine Spaßkreaturen seien und diese Haltung reinste Tierquälerei. Daniel grinste daraufhin, die Hand vor den Mund gehalten und der Herr vom Zirkus blickte zu ihr, sagte nichts und lief geradewegs wieder in das Zelt hinein.

„Was war das denn, Süße?!", fragte Daniel halb und feixte weiterhin.

„Ist doch wahr.", sagte sie nur trotzig und voller Ernsthaftigkeit, doch ihr Herz raste. „Lass uns bloß weitergehen.", fügte sie hinzu und daraufhin nahm Daniel sie an die Hand und sie gingen weiter ihres Weges.

Ja, zu gut konnte sie sich daran erinnern und schrieb Daniel dies so als Antwort zurück und wünschte ihm daraufhin einen stressfreien Arbeitstag. In dieser Zeit war die Welt zwischen den beiden noch in Ordnung. Doch statt weiter in Erinnerungen zu schwelgen, wollte sie nicht damit weitermachen, denn Mia war sich sicher, wieder in die problembelastende Gegenwart zu gelangen. Stattdessen dachte sie an den gestrigen Couchabend mit Lukas. Es war lustig, redreich und gemütlich. Zumindest bis Mia letzten Endes neben ihm eingeschlafen war. Sie fragte sich, wie er wohl über sie denken würde? Mia machte es Angst, dass sie sich immer mehr Nähe zu ihm wünschte und dies nicht einmal mit einem schlechten Gewissen Daniel gegenüber. Mia stieg aus dem Bett, schließlich konnte sie nicht ewig liegen bleiben und war schon gespannt, was der heutige Tag bringen würde. Mit dem entgegen-kommenden Duft von frischem Kaffee, der ihr beim Hinuntergehen der Treppe in die Nase stieg, begann der Morgen bereits bestens.

„Guten Morgen.", rief Lissi ihr voller Elan ent-gegen. „Ich muss schon zugeben, dass du eine ganz schöne Schlafmütze bist.", lachte sie. „Selbst die Männer sind schon unterwegs."

„Ich bin hier doch im Urlaub." Mia streckte ihr frech die Zunge heraus und schenkte sich Kaffee ein. „Wo sind sie denn?"

„Sie wollten in das Waldstück meines Vaters, es liegt etwa zwei Kilometer von hier, und etwas Holz herbeischaffen. Und wir zwei, dachte ich mir, könnten die Zeit nutzen und etwas für uns tun." Lissi schwang ihren Körper hippelig von der einen zur anderen Seite.

„Was können wir denn für uns tun?", fragte Mia und machte Lissis Bewegungen provokant nach.

„Ein paar Übungen für unsere innere Mitte. Ein wenig Hund, ein wenig Krähe und so."

Mia lachte. „Ah, du meinst Yoga. Da bin ich gerne dabei."

„Oh super, fangen wir so in zehn Minuten an oder möchtest du vorher noch frühstücken?"

„Nein, sehr gerne auf leeren Magen. In zehn Minuten klingt super. Da habe ich jetzt richtig Lust drauf."

„Dann hole ich schonmal zwei Matten aus dem Keller und wir sehen uns dann im Wohnzimmer wieder."

„So wird's gemacht!" Mia zeigte ihr einen Daumen hoch.

„Also hiernach haben wir uns definitiv ein Bier verdient." Christoph warf Holzstück für Holzstück zu Lukas, der sie fang und daraufhin in den Hänger legte. In bester Teamarbeit hatten sie in kürzester Zeit mehrere Holzstämme zerkleinert, um wieder ausreichend Feuerholz für ihre Abende am Lagerfeuer vorrätig zu haben.

„Wie geht es eigentlich Fiona?"

„Ich denke gut, habe in dieser Woche lediglich ein Bild von einem neuen Foto für ihre Kartei bekommen." Lukas schmunzelte.

„Hat sie nicht derzeit einen Auftrag?"

„Ja, deshalb ist sie nicht mit. Schließlich geht es um Bademode und da konnte sie nicht nein sagen." Lukas entgegnete dies leicht ironisch. Fiona liebte ihren Körper und würde diesen am liebsten der ganzen Welt präsentieren. „Doch wieso fragst du nach Fiona?", wollte er weiter wissen, denn es schien im ungewöhnlich.

„Ach nur so. Smalltalk eben." Christoph rückte seine Brille zurecht, wie er es zu gerne machte und legte das letzte Stück Holz selbst auf die Ladefläche des Anhängers. Er war kurz davor zu fragen, was Lukas von Mia hielt, doch irgendwie war ihm nicht wohl dabei. Er verstand sich gut mit Lukas, keine Frage, aber vielleicht würde es doch zu weit gehen. Lukas holte zwei Flaschen Bier vom Rücksitz des Autos, öffnete diese und gab Christoph eine. Er lehnte sich an das Auto und trank einen großen Schluck. Lukas wollte

Christoph selbst gerne etwas über Mia fragen, doch war sich dabei sehr unsicher. Immer wieder beschlich ihn das Gefühl, dass Lissi und Christoph einen Plan für sie beide ausgeheckt hatten. Als würden sie wollen, dass sie sich beide näher kommen. Selbst wenn es nicht so wäre, so musste Lukas sich eingestehen, war er nur allzu gerne mit Mia zusammen. Am gestrigen Abend war er zutiefst müde, vor allem von den Nachwehen der vergangenen Nacht, doch als er wusste, er könnte den Abend gemeinsam mit Mia auf der Couch verbringen, war die Müdigkeit rasch überwunden. Er mochte ihre Einfachheit, ihre Einstellungen zu den kleinen Dingen, die kostbar sein konnten. Mia war bildhübsch und dies, ohne arrogant zu sein. Es gefiel ihm, wie sie ihre Haare wild und ohne nachzudenken, nach oben steckte, nur dass sie ihr nicht ins Gesicht fielen. Sie war nicht auf den Mund gefallen und wenn sie tanzte, sah ihr jeder an, wie viel Spaß sie daran hatte. Selbst, wenn sie ab und an nur wild herumsprang. Mia war das komplette Gegenteil von Fiona und er schien sich zu ihr hingezogen zu fühlen.

„Darf ich?", fragte ihn Christoph. Lukas war vollends in seinen Gedanken versunken gewesen.

„Sorry. Was darfst du?", fragte er perplex.

„Hab ich dich gerade aus einem Tagtraum geweckt?"

„Anscheinend ja." Lukas lachte.

„War er denn schön?", fragte Christoph feixend.

„Ja, das war er.", lächelte Lukas. „Also, was darfst du? Ich bin wieder ganz in der Realität."

„Darf ich dich etwas über Lissi fragen? Schließlich kennt ihr euch schon so lange.", tastete sich Christoph vorsichtig heran.

„Na sicher, aber selbst du müsstest sie doch in- und auswendig kennen.", gab er zu.

„Ich weiß und das tue ich wahrscheinlich auch, aber mal so ganz direkt. Würdest du sagen, ich kann den nächsten Schritt wagen?"

Lukas lächelte leicht und kniff die Augen etwas zusammen. „Da will wohl jemand seiner besseren Hälfte einen Antrag machen?!"

„Ja, ich denke schon länger darüber nach. Klar, ich bin ein Mann und es kommt dir wahrscheinlich dämlich vor, dass ich dich da um Rat frage, aber..."

Lukas unterbrach ihn. „Erstens, es ist nicht dämlich, ich fühle mich eher geehrt und zweitens, höre auf, darüber nachzudenken." Er wurde ernst und dies schien Christoph just zu entmutigen. Sekunden später aber lachte Lukas laut auf. „Frag sie einfach, Christoph. Ich habe Lissi noch nie so glücklich erlebt und ihr seid das absolute Vorzeigepaar."

„Ich dachte jetzt echt, du willst mir sagen, dass ich es vergessen soll." Christoph atmete tief ein und aus. Lukas klopfte ihm auf die Schulter. „Ihr seid füreinander bestimmt, glaube mir."

Christoph nickte zustimmend und war sichtlich erleichtert. „Danke dir, Lukas."

„Willst du es hier machen?", wollte Lukas wissen.

„Ich habe daran gedacht. Also, den benötigten Ring habe ich dabei. Ich bin aber noch nicht sicher."

„Da ich dich in dieser Hinsicht nicht unter Druck setzen möchte, sollst du wissen, falls du dich dafür entscheidest und Hilfe bei den Vorbereitungen brauchst, dann sag mir einfach Bescheid."

„Super, sehr gut zu wissen."

„Sehr gerne. Ich finde es klasse. Nun lass uns noch in Ruhe austrinken und dann mal sehen, was der Tag noch so bringt. Auf jeden Fall ist das Wetter heute irgendwie eigenartig."

„Das habe ich auch schon bemerkt. Es scheint viel zu warm und die Luft fühlt sich so feucht an."

„Vielleicht kommt da ja was auf uns zu. Den Wolken nach zu urteilen, wird es immer grauer."

„Dann ist es ja gut, dass wir so frühzeitig ans Werk gegangen sind."

„Das stimmt allerdings.", befürwortete Lukas und ihre Flaschen klirrten aneinander.

Bei Lissi und Mia ging es still daher. Sie absolvierten ihren Sonnengruß. Von der Planke in den Stock, zum heraufschauenden Hund in den herabschauenden Hund. Atem für Atem gingen sie ihren Bewegungen nach. Dass sich die Haustür öffnete, bekamen sie gar nicht mit.

„Oh, diese Musikklänge sagen alles.", flüsterte Christoph. Er zeigte Lukas auf, leise zu sein, und sie schlichen ins offen gelegene Wohnzimmer. Die Männer wurden mit der hinteren Ansicht des herabschauenden Hundes begrüßt.

„So kommt man doch gerne nach Hause.", lachte Lukas, jedoch so leise wie möglich.

Die Mädels gingen von ihrer Position aus in den Krieger.

„Hey, ihr zwei." Lissi sah sie von der Seite aus im Schatten stehen. „Wir haben nur noch ein paar Minuten."

„Lasst euch von uns nicht stören. Schaut gut aus, was ihr da macht.", grinste Lukas weiter und auch Christoph musste sich ein Lachen verkneifen. „Wir müssen jetzt eh noch das Holz ausladen."

„Dann bis später.", sagte Mia kurz und widmete sich wieder intensiv den Übungen.

Kurze Zeit später lagen Lissi und Mia, Arme und Beine ausgestreckt, entspannt auf dem Boden.

„Oh Lissi, das tat wirklich gut. Die perfekte Idee."

„Nicht wahr. Ich fühle mich gleich viel besser."

„Und fiel wacher. Lust auf einen Smoothie?"

„Ja, unbedingt."

„Dann mach ich uns welche." Mia setzte sich erst aufrecht hin und stand dann langsam auf und ging zur Küchenzeile. Sie suchte nach verschiedenen Obstsorten und begann zu schnippeln.

Draußen konnte sie Christoph und Lukas sehen, die fleißig das Holz stapelten. Dass sie Lukas beobachtete, konnte nicht geleugnet werden. Lissi rollte die Matten zusammen und hatte ein Auge auf sie. Sie witterte ihre Chance.

„Na, genießt du die Aussicht?", fragte sie keck und Mia erschrak.

„Ich schaue nur nach draußen. Es scheint sich ziemlich zuzuziehen.", versuchte sie sich herauszureden.

„Das kann gut sein, aber ich bin mir sicher, dass du nicht nach dem Wetter geschaut hast. Lukas sieht gut aus, ich weiß. Ich glaube, das kann ich für jede Frau behaupten." Mit den Yogamatten in den Händen starrte sie Mia mit großen Augen an.

„Ja, das tut er. Keine Frage und nett ist er auch noch."

„Nett?! Dein Ernst?" Lissi lachte. „Du kannst offen mit mir sprechen, Mia."

„Wie meinst du das? Da gibt es nichts zu besprechen."

„Am Lagerfeuer hattest du dich doch auch sehr wohl bei ihm gefühlt."

Mia versuchte, konzentriert auf das zu schneidende Obst zu blicken, doch konnte sich ein Lächeln beim Gedanken daran nicht verkneifen.

„Na ja, schauen darf man ja.", sagte sie leise.

„Ja, das darf man und sich mal an einen anderen anlehnen auch.", sagte sie verständnisvoll und lief langsam davon. *Und vielleicht kann daraus mehr werden,* sagte sie zu sich selbst.

Musste Mia vielleicht doch ein schlechtes Gewissen haben, weil sie sich am Feuer an Lukas Oberkörper schmiegte? Was war denn nur mit ihr los, dass sie Daniel hier derart aus ihrem Kopf strich? Sicherlich war es eine Art Verdruss-Aktion, weshalb sie sich so benahm, doch sie wollte Daniel mit Sicherheit nicht verletzen. Oder sollte es so sein? Sollte Mia wohl endgültig mit ihrem langjährigen Partner abschließen? Lukas sah gut aus, er war liebevoll und lustig und wie gerne würde sie sich wieder an ihn anlehnen wollen. Nichts würde sie dagegen sagen, würde er seine Arme dabei um sie legen. Bei dem Gedanken daran bekam sie eine Gänsehaut. Es war Zeit, sich wieder um den Smoothie zu kümmern.

„Na, habt ihr eure Yoga-Stunde beendet?" Lukas kam vom Garten aus herein. *Er sieht so gut aus,* ging es Mia durch den Kopf.

„Ja, haben wir. Wie weit seid ihr? Wollt ihr auch einen Smoothie?"

„Wir haben es jetzt auch geschafft. Vielen Dank, aber wir bleiben beim guten Hopfenblütentee.", lächelte er sie an.

Am Kühlschrank stehend, konnte er sich nicht zurückhalten und streifte mit seinem Blick über ihre enganliegende Leggings, die Mia sehr schmeichelte. Er wurde jedoch ertappt.

„Gefällt dir, was du siehst?", fragte Mia ihn und innerlich gefiel ihr, dass er sie begutachtete.

Lukas stieg etwas Röte ins Gesicht. „Tut mir leid, das ist nicht sehr gentlemanlike. Aber ja, das tut es.", gab er offen zu.

„Mit Fiona kann ich sicher nicht mithalten.", stieß sie hervor und bereute es, diesen Moment wohl damit zerstört zu haben. Lukas jedoch legte provokant seinen Kopf schräg, blickte nochmals auf Mias Beine und wieder zu ihr.

„Zum Glück.", gab er zurück, zwinkerte Mia zu und ging wieder hinaus zu Christoph.

Kaum war er wieder im Garten, sprang Lissi um die Ecke, die alles mitbekommen hatte.

„Aha.", rief sie laut.

Mia schaltete den Mixer ein, um alles Weitere damit übertönen zu können. Sie schmollte, während sie die Gläser füllte, und schob Lissi eines entgegen. „Trink deinen Smoothie."

„Vielen Dank, zum Glück nicht Fiona." Nachahmend zwinkerte Lissi Mia zu.

Kapitel 9

Im Laufe des Tages hatte es sich heraußen wieder aufgeklart, aber trotz allem war keinem der vier das Wetter ganz geheuer. Der Wind nahm zu und brachte beinahe warmen Wind. Ein Föhn war in den Bergen nichts Ungewöhnliches, doch es war unsicher, ob es wirklich dabei bleiben würde. Zu aller Sicherheit stellten Christoph und Lukas alles, was nicht am Boden fixiert war, ganz dicht an die Hauswand. Mia und Lissi kümmerten sich derweil um das Abendessen. Sie schnippelten fleißig Gemüse und bereiteten eine selbstgemachte Soße zu, um schlussendlich eine Gemüselasagne in den Ofen zu schieben. Während des Eindeckens des Tisches gönnten sich Mia und Lissi ein Glas Rotwein. Mia war dankbar dafür, dass Lissi sie nicht mehr auf Lukas ansprach, auch wenn ihr bewusst war, dass es sicherlich sehr anstrengend für sie war, sich zurückzuhalten.

Beim Essen wurde über belanglose Dinge gesprochen und stets wurde nach draußen geschaut. Die Wolken verdichteten sich und schienen Minute für Minute dunkler zu werden.

„Das wird heute wohl nichts mit einem weiteren Lagerfeuer.", schmatzte Christoph.

„Nein.", gab Mia bejahend hinzu. „Hoffentlich erreicht uns kein Unwetter."

„Hat da jemand Furcht vor einem Gewitter?", fragte Lukas belustigt.

„Nein, das habe ich nicht. Ich mag es sogar.", entgegnete sie und trank einen Schluck Wein.

Nach der beendeten Hauptspeise aßen sie gemütlich ihren Nachtisch und plötzlich waren heraußen heftige Sturmböen zu hören. Mia stand auf und stellte sich an die große Verandatür.

„Leute, die Wolken dort hinten sind tiefschwarz.", ließ sie kleinlaut verlauten.

„Und du hast sicher keine Angst vor Unwettern?", fragte sie Lukas nochmals und dies urplötzlich hinter ihr stehend. Sein Atem auf ihrer Haut fühlte sich gut an. Sie drehte sich zu ihm um und ihre Blicke trafen sich.

„Nein, noch immer nicht. Ich habe dies nur als Tatsache festgestellt."

„So hat es sich angehört." Lukas zog witzelnd die Augenbrauen nach oben.

Keine Sekunde später erschrak Mia und landete in Lukas´ Armen, die sie auffingen. Ein Tannenzweig kam in nicht geringer Geschwindigkeit gegen das Fenster geflogen.

„Ich hab dich.", flüsterte er ihr leise ins Ohr und fasste sie behutsam an ihren Oberarmen. Mia bekam ein weiteres Mal an diesem Tag Gänsehaut und dieses Mal kam sie durch seine realistische Berührung. Sie war sich sicher, Lukas würde es bemerken.

„Angst oder Freude?", erlaubte er sich die Frage, denn er hatte es bemerkt. Ehe Mia hätte antworten können, lenkte ein greller Blitz von allem ab. Der Garten und das Hausinnere, wurde vollends beleuchtet. Knapp acht Sekunden später gab es einen derben und lautstarken Knall, bei dem alle zusammen zuckten. Es grollte durch die Berge. Beinahe unheimlich. Es wurde wieder hell und der Knall kam mit dem Zeitpunkt des Blitzes. Das Haus vibrierte und die Lichter erloschen.

„Oh nein.", rief Lissi halb entsetzt, halb amüsiert. Es blitzte und donnerte in geringen Abständen und Mia war ganz im Bann des Unwetters gefangen. Lukas hatte noch immer seine Hände an ihren Armen.

„Wir müssen unbedingt die Stecker an den Elektrogeräten ziehen.", sagte Christoph und stand auf. „Hilfst du mir, Lukas?"

„Und wir holen Kerzen Mia.", ließ Lissi verlauten.

Mia wendete sich von Lukas ab, um Lissi zu helfen. Für einen kurzen Moment legte sie ihre Hand auf seine Brust und blickte ihm tiefatmend in die Augen. Sie musste sich eingestehen, dass sie in jenem Moment am liebsten mit ihm allein gewesen wäre. Sie schien sich wahrhaftig zu ihm hingezogen zu fühlen.

Nachdem die elektronischen Geräte gesichert waren und Mia und Lissi den Raum mit Kerzen erhellt hatten, setzten sie sich wieder an den Esstisch. Kaum hatte sich Mia gesetzt, nahm Lukas neben ihr Platz.

„Also wenn jetzt noch ein Axtmörder kommen würde, dann wäre das hier eine perfekte Horrorfilmkulisse.", sagte Lukas.

„Ist das dein Ernst?" Lissi schlug die Hände vors Gesicht. „Du bist doch verrückt."

„Na ja, recht hat er ja. Ein abgelegenes Haus in den Bergen und ein Gewitter." Christoph zwickte seine Freundin neckisch in die Seite.

„Darauf brauch ich jetzt noch ein Glas Wein. Für dich auch Mia?"

„Aber sicher. Immer her mit dem guten Zeug." Sofort hielt sie ihr leeres Glas zum Nachfüllen zu ihr hinüber.

„Irgendwie ist es aber auch faszinierend.", gab Mia von sich und trank genüsslich.

„Was genau meinst du?", wollte Lissi wissen.

„Na, so ein Unwetter. Wenn die Natur sich rächt."

„Also mir persönlich ist diese Art von Rache etwas zu beängstigend.", gab Lissi zu. Daraufhin ertönte ein weiterer Donner und ließ alle vier zusammenzucken.

„Keine Angst Schatz, ich bin bei dir."

„Danke, dass weiß ich zu schätzen." Sie gab Christoph einen Kuss.

„Wie wäre es mit einer kleinen Gruselgeschichte?", meldete sich Lukas fragend in die Runde.

„Langweilig.", gab Mia zurück.

„Langweilig, echt jetzt?" Er schaute sie verwundert an.

„Das ist doch ein Klischee, bei so einem Wetter Horrorstorys zu erzählen." Mia schmollte ihn provokant an.

„Die Dame bedient sich also keinerlei Klischees oder hast du einfach nur Schiss?"

„Sehe ich denn so aus, als hätte ich Schiss?"

„Testen wir es aus.", grinste er.

Christoph und Lissi schauten sich an und dann wieder auf Lukas und Mia. Dieses Hin und Her schien ihnen zu gefallen.

„Na dann erzähl mal los und ich werde sehen, ob ich Angst bekomme." Mit dem Arm auf dem Tisch stützend legte sie ihren Kopf auf ihrer geballten Faust ab und blickte ihn wartend an.

„Na jetzt hast du eine Herausforderung vor dir.", lachte Lissi. „Hoffentlich setzt dich das jetzt nicht unter Druck."

„Vorher muss ich mir noch ein Bier holen.", erwiderte er.

„Bring mir bitte eins mit.", rief ihm Christoph nach.

Das Unwetter hatte sich nach einer guten Stunde beruhigt. Es war abzuwarten, ob es nochmals zurückkommen würde oder nicht. Lukas hatte seine Geschichte, so gut es ging zum besten gegeben, doch fühlte sich bereits zu Beginn unter Druck gesetzt und vor allem nicht ernst genug genommen. Stets wurde er lauthals unterbrochen. Lissi, Christoph und Mia interpretierten andauernd voller Ironie etwas anderes hinein. Am Tisch herrschte dadurch, provokanter Spaß und das reinste Gelächter. Mia rutschte während dieser Zeit stets näher an Lukas heran und es überkam sie das Gefühl, dass sie dies eigentlich nicht tun sollte. Schließlich gab es Daniel. Es fiel ihr so leicht, nicht an ihn zu denken. Sie wünschte sich, Single zu sein, um einfach zu tun, was sie wollte. Mia war ein ehrlicher Mensch und das konnte sie ihm doch nicht antun. Hatte sie dies denn schon, indem sie ein wenig flirtete? Um sich besser zu fühlen, dachte sie an die letzten Monate, beinahe das letzte Jahr. Daniel nahm sie gar nicht mehr für voll. Belächelte, was sie tat, wie sie sich verhielt. Er war nur noch auf sich bedacht, hörte ihr eher teilnahmslos zu, um das Thema nach Ausgesprochenem wieder auf sich zu lenken. Diese steten Wiederholungen in ihrem Kopf, die sie Tag um Tag unglücklicher machten. Intim wurde es schon lange nicht mehr. Mia hatte sich distanziert. Daniel schien dies überhaupt nicht aufzufallen oder aber zu stören. War es denn da nicht normal, dass sie die Nähe von einem anderen Mann genoss? Jemand, der sah, wer sie war und deshalb schätzte? Wie lange schon überlegte sie, sich von ihrem Freund zu trennen. Wie oft überkam sie der Gedanke, dass sie nach einem Schlussstrich wieder weitaus glücklicher wäre.

Von Lukas' Seite kamen ebenfalls Annäherungsversuche. War er glücklich mit Fiona? Sie hatte ihn verletzt. War ihm fremdgegangen. Wollte er Mia dazu bringen, sich auf einen Seitensprung einzulassen, nur das er es seiner Freundin gleichtat, nur um sich dann besser zu fühlen? Beide, Lukas und Mia, waren nicht sonderlich glücklich. Sie waren zerbrechlich und wussten nicht, ob sie den richtigen Partner an ihrer Seite hatten.

Mia musste raus. Sie brauchte frische Luft. Sie verabschiedete sich deshalb für eine kurze Zeit von den anderen. Sie nahm ihre Jacke, zog sie an und lief zur Haustür hinaus auf die Veranda. Tief ein- und ausatmend lehnte sie sich mit ihren Ellbogen abstützend, auf das Geländer und schaute in die Ferne.

„Ob bei ihr alles okay ist?", fragte Lissi nach einer guten Viertelstunde in die Runde.

Christoph seufzte, hob die Augenbrauen an und rückte seine Brille zurecht.

„Schatz, du weißt doch was. Du kennst sie schließlich gut genug." Lissi stieß ihn leicht mit der Schulter an.

„Was soll ich schon dazu sagen? Ich denke mal, dass ihr die Sache mit Daniel nicht ganz aus dem Kopf geht." Er zuckte mit den Schultern.

„Was für eine Sache?", wollte Lukas wissen.

„Ach, es kriselt bei den beiden immer mal wieder und anscheinend muss etwas gewesen sein, nachdem wir unsere Kündigungen bekommen haben. Vielleicht ja auch nichts Besonderes. Keine Ahnung, ich kann es euch nicht sagen. Sicher ist nur, dass sie ihn, seitdem wir hier sind oder selbst auf der Fahrt hierher, nicht einmal erwähnt hat."

„Meinst du die beiden haben sich getrennt?", hakte Lissi nach. Lukas saß als stiller Zuhörer dabei.

„Nein, das denke ich nicht. Da wäre sie anders drauf."

„Ich muss sagen, sie ist hier sogar sehr gut drauf. Es scheint ihr gutzutun mit uns hier zu sein.", ließ Lissi verlauten.

„Stimmt. Dem kann ich dir nur zustimmen."

„Ich gehe mal nach ihr schauen." Lukas stand auf, füllte Mias Glas und nahm sich seine Flasche Bier mit.

„Gute Idee.", rief Lissi und Christoph stieß ihr daraufhin in die Seite.

„Was denn?", fragte sie ihn. Christoph schüttelte missbilligend sowie belustigt den Kopf und gab ihr einen Kuss.

„Es fühlt sich noch immer ziemlich warm an."
Alleine seine Stimme zu hören gefiel ihr. Sie nickte, jedoch in ihrer Ausgangsposition bleibend. Lukas reichte ihr das Glas Wein und stellte sich neben sie, mit dem Rücken ans Geländer gelehnt.

„Ich dachte, du hättest gerne etwas zu trinken."

„Dankeschön." Sie nahm das Glas entgegen.

„Möchtest du lieber alleine sein, dann gehe ich wieder nach drinnen?!" Lukas hoffte inständig, bleiben zu dürfen.

„Nein, du kannst sehr gerne hierbleiben.", gab sie zurück und schaute kurz zu ihm auf.

„Sagst du mir dann auch, was los ist? Es war doch herinnen ganz lustig."

„Oh ja, das war es. Der Mann ohne Arme war sehr angsteinflößend.", sie lachte aufgesetzt. „Ich musste nur einfach mal raus und tief durchatmen."

„Ist es wegen ihm?", fragte er.

„Gut möglich. Meine Gedanken lassen sich leider nie für einen zu langen Zeitraum abschalten."

„Und warum kommt der Gedanke an ihn gerade bei einer Gruselgeschichte?", versuchte er witzig zu klingen.

„Es lag nicht an der Geschichte.", lächelte sie. „Es ist viel mehr,..." Sie stoppte.

Lukas trank einen Schluck, um sich damit zu helfen, sie direkt zu fragen. „Bin ich es?"

Mia räusperte sich. Sie fragte sich, in welche Richtung diese Situation gehen sollte. Dass es an ihm lag, konnte sie nicht verneinen und bejahte es voller Ehrlichkeit. Nun atmete Lukas tief ein und aus. Es folgte ein Moment der Stille.

„Ist das jetzt schlimm?" Sie schaute ihm nun intensiv in die Augen. Er sah, dass sie leicht glasig waren, und war sich unsicher, ob Grund dafür ihre Gefühle oder der Alkohol waren.

„Nein, ganz und gar nicht.", antwortete er liebevoll und sein Gesichtsausdruck wirkte sanftmütig. „Ich denke, wir merken beide, dass wir uns auf irgendeine Art und Weise nah sein wollen."

„Nur ist nicht sicher, ob es nur deshalb ist, weil wir beide in dieser Hinsicht zerbrechlich sind. Schließlich leben wir beide in Beziehungen. Problematischen Beziehungen.", fügte sie hinzu.

„Aber es ist echt.", sagte er ruhig und stellte sich hinter sie. Er umschloss sie mit seinen Armen und legte sein Kinn auf ihrer Schulter ab. Mia überkam wieder einmal Gänsehaut und in ihrem Bauch begann es zu kribbeln. Die beiden hatten es ausgesprochen. Es waren nicht viele Tage vergangen, aber etwas zwischen ihnen schien zu geschehen.

„Könntest du dir nicht einfach vorstellen, ich sei er und ich bilde mir ein, du bist sie?", fragte er, selbst wenn es vollkommener Irrsinn war.

Mia drehte sich in seinen Armen und stand nun dicht vor ihm.

„Das ist nicht möglich.", antwortete sie ernsthaft.

„Warum kann es nicht möglich sein?"

„Weil ich glaube, dass ich nicht wollen würde, dass er es ist." Mia streichelte ihn über seinen Nacken.

„Vielleicht sollten wir uns besser kennenlernen. Ich finde dich einfach wunderbar." Lukas kam ihr näher, strich ihr über die Wange.

„Ja, vielleicht hast du recht." Es war jener Moment gekommen. Würden sie sich küssen? Ihre Gesichter näherten sich einander. Sie blickten sich im Wechsel in die Augen und auf die Lippen. Mias Herz klopfte. Lukas nahm sie näher an sich heran. Es begann zu vibrieren. Es kam aus Mias Jackentasche. Sollte sie nachsehen? Sie konnte sich gar nicht mehr daran erinnern, dass sie ihr Handy dort hineingesteckt hatte.

„Du solltest nachschauen.", sagte er wehmütig.

Mia nahm ihr Handy heraus und schaute auf das Display und ihr Blick wurde mit leichter Traurigkeit gefüllt.

„Er?"

„Ja."

„Perfektes Timing.", sagte er voller Enttäuschung und nahm Abstand. Es kam ihnen vor wie ein Zeichen. Er nahm sein Bier vom Geländer und zeigte ihr stumm auf, ein wenig zu gehen.

Mia blickte ihm nach, während sie ans Telefon ging. Ihr Glas Wein leerte sie nach einem *„Hey"* in einem Zug.

Kapitel 10

„Hey, na du? Alles gut?", kam es von der anderen Leitung.

„Hier ist alles super.", versuchte sie neutral zu klingen. „Wir hatten gerade ein wahnsinniges Unwetter. Echt beängstigend."

„Oh, wow. Dann hoffe ich, ihr habt es bald gut überstanden."

Mia sagte doch, dass es vorüber war. Sie verbesserte es jedoch nicht.

„Warum ich anrufe. Ich bin die nächsten vier Tage nicht zu erreichen."

„Warum das denn?", fragte sie, auch wenn sie eh kaum voneinander hörten.

„Meine Chancen auf die Leitung steigen immer mehr und in den nächsten vier Tagen gibt es in Frankfurt eine Schulung. Da will ich vollends bei der Sache sein. Du weißt ja, wie wichtig mir diese Beförderung ist."

Und wie sie das wusste. Arbeit und Geld war und ist wichtiger als alles andere. Würde es ihn wohl interessieren, wenn er wüsste, dass hier ein weiterer Mann anwesend war? Das sie diesen gerade beinahe geküsst hatte?

„Das ist doch in Ordnung, oder?", fragte er, dem Anschein nach bereits ein zweites Mal.

„Na sicher. Die Schulung ist da natürlich immens wichtig."

„Super, ich wusste, dass du mich verstehst und unterstützt."

„Aber wenn wir jetzt gerade telefonieren, dann könnte ich dir ja ein wenig von hier erzählen.", versuchte sie erneut, auf ihren Urlaub zu kommen.

„Uh, sei mir bitte nicht böse, aber das machen wir in Ruhe, okay. Bei einem schönen Essen, wenn du wieder da bist. Ich muss morgen um vier Uhr aufstehen und ich möchte jetzt noch rasch alles packen.", antwortete er zügig.

„Ist okay, die anderen warten sicher eh schon auf mich."

„Dann machen wir es so. Viel Spaß euch noch und wir schreiben." Daniel klang, als wäre er auf dem Sprung. Mia war genervt und machte es kurz. Sie wünschte ihm eine gute Nacht, eine gute Fahrt und viel Spaß. Daraufhin legte sie auf und wollte ihr Handy am liebsten in die Verandaecke werfen.

Sie ging nach drinnen, um sich ein weiteres Glas Wein zu holen, selbst wenn ihr dieser allmählich zu Kopf stieg. Auf dem Küchentisch lag ein Zettel, auf dem Christoph und Lissi verlauten ließen, dass sie ins Bett gegangen waren. Die drei Zwinkersmileys ließen verstehen, warum sie das so früh taten. Mia musste trotz ihrer Stimmung kurz auflachen. Da sie nun unbeobachtet war, nahm sie sich die offene Flasche samt Glas wieder mit nach draußen. Wieder zurück auf der Veranda setzte sie sich auf die Hollywoodschaukel. Sie wippte eine Zeit lang hin und her und erblickte Lukas. Er kam die drei Stufen herauf und prustete.

„Was ist?" Sie blickte fragend.

„Keine zwei Minuten später schrieb mir Fiona, ob ich kurz bei ihr anrufen könnte."

„War euer Gespräch wenigstens gut?", wollte sie resigniert wissen.

„Sie wollte mir nur sagen, dass sie einen höheren Betrag mit meiner Kreditkarte bezahlen musste und sie mir das Geld versucht, so schnell wie möglich wiederzugeben. Was war denn bei dir?"

„Daniel wollte mich nur wissen lassen, dass er die nächsten vier Tage auf einer Schulung ist und deshalb nicht zu erreichen."

Mit einem Fingerzeig deutete er Mia an zu warten. Er ging nach drinnen und kam kurzerhand wieder mit einer Decke und einem Glas nach draußen. Er setzte sich zu Mia und deckte ihrer beiden Beine zu.

„Bekomme ich einen Schluck ab?" Er hielt ihr sein Glas hin.

„Ich weiß nicht recht, ob ich teilen möchte.",
feixte sie, doch schenkte ihm rasch etwas ein.

„Warum sind denn die anderen beiden schon im
Bett?"

„Hast du nicht die Smileys gesehen? Zum Glück
ist ihr Zimmer auf der anderen Seite des
Hauses." Beide lachten.

Lukas und Mia waren sich bewusst darüber, dass
sie vor kürzester Zeit einen großen sowie inti-
men Schritt näher aufeinander zugegangen
waren. Beide wussten, sie wollten sich nah sein.
Nach ihren Gesprächen mit den jeweiligen Partnern wäre wohl jeder der beiden zu mehr bereit
gewesen, doch dies lag weder in der Art von
Mia, noch von Lukas. Der Moment, der beinahe
zu einem Kuss geführt hatte, wurde unterbrochen und im Hier und Jetzt schien er verflogen.
Mia konnte es trotz allem nicht lassen, ihren Kopf
auf seiner Schulter abzulegen und hoffte, er
würde das nicht missverstehen. Er jedoch, legte
zusätzlich seinen Arm um sie und so blieben sie
noch einige Zeit in Zweisamkeit und in Stille
sitzen. Jeder besaß seine eigenen Gedanken und
keiner, Lukas oder Mia, wusste genau, wie es
nun weitergehen sollte.

In dieser Nacht schlief Mia unruhig. So vieles
ging ihr durch den Kopf. Daniel hätte sich den

Anruf genauso gut sparen und ihr eine Mail schreiben können. Sollte dieser aber ein Zeichen gewesen sein? Lukas und sie waren kurz davor sich zu küssen. Auch Fiona hatte sich bei Lukas gemeldet, doch auch dieses Telefonat war im Grunde überflüssig gewesen. Vielleicht sollte auch dies Lukas und Mia ein Zeichen setzen. Was genau wollte Mia sich eigentlich selbst mit diesen Zeichen beteuern? Wie stand es denn um ihre Gefühlswelt? Sie dachte an Lukas. Sie fragte sich, ob auch er an sie dachte oder seelenruhig schlief. Sie wollte so gerne bei ihm sein. Bei Lukas und nicht bei ihrem eigentlichen Freund. War es einfach nur die derzeitige Lage, die sie dazu beschwichtigte? Sich in den Armen eines Mannes niederlassen, der sie zu verstehen schien? Froh darum, dass in den frühen Morgenstunden ihre Müdigkeit siegte, schlief sie ein, sonst, dachte sie sich, drohte ihr Kopf vom Gefühlschaos zu explodieren.

Lukas erging es nicht sehr anders wie Mia. Er dachte daran, wie er sie in ihren Armen hielt. Wie gut es sich anfühlte. Er dachte an den Duft ihrer Haare, an ihr dezent aufgelegtes Parfum. Mit Fiona hatte er zwar auch solche Momente erlebt, aber sie war eben Fiona. Sie war eitel und stets darauf aus perfekt zu sein. Nie hatte er sie dabei erlebt, dass sie einfach einmal losließ. Sie musste sich der Öffentlichkeit präsentieren können und dann war da noch dieser Ausrutscher. Lukas hatte, seitdem dies geschehen war, daran gedacht sich zu trennen. Fiona entschuldigte sich unter Tränen und er gab klein bei. Zu Beginn schien es wieder in eine bessere Richtung zu laufen, doch letzten Endes endete dieses Verhalten nach nicht einmal einem Monat. Lukas hielt sich beinahe nur noch für den Geldgeber, was sich auch heute wieder bewiesen hatte. Ihm selbst war Geld nicht wichtig, auch wenn er es besaß, aber in einer Beziehung sollte es keine zu große Rolle spielen. Er wälzte sich noch mehrmals hin und her, bis letztendlich auch ihn die Müdigkeit zum Schlafen brachte.

Mia war am Morgen zum ersten Mal die Erste, die wach war. Sie setzte eine große Kanne Kaffee auf, so dass sich Christoph, Lissi und Lukas gleich bedienen konnten. Kurze Zeit später füllte sie sich eine Tasse und ging an die große Fensterfront, um zu sehen, was das Unwetter angerichtet hatte. Im Garten sah es ziemlich wüst aus. Die Tische und Stühle, welche Christoph und Lukas dicht an die Hauswand gestellt hatten, waren noch dort. Die Feuerstelle hingegen musste umgekippt sein. Das alte Feuerholz lag auf dem Grasboden verteilt. Einzelne Äste einer Tanne lagen kreuz und quer. Der Whirlpool war glücklicherweise abgedeckt worden, denn auch die Plane wurde reichlich mit Asche verziert.

„Ich rieche frischen Kaffee." Lissi flitzte beinahe zur Maschine. „Du, schon wach? Hab ich etwas verpasst?"

„Auch ich kann früh aufstehen.", lachte sie, um vom Hauptgrund abzulenken.

„Geht es dir wieder besser?", wollte sie wissen.

„Mir ging es doch nie schlecht.", gab sie zurück.

„Ach, ich dachte. Du warst gestern so schnell nach draußen verschwunden."

„Nein, alles gut. Was steht heute so an?"

„Heute kommen Clint und Victor wieder vorbei. Wir dachten an einen Spieleabend."

„Spieleabend klingt gut. Guten Morgen die Damen.", Lukas kam zur Wohnküche hinein.

„Guten Morgen. Aber du weißt, dass ein Spieleabend nichts mit Horrorgeschichten zu tun hat.", feixte sie.

„Wie lange bekomme ich das jetzt eigentlich vorgehalten?", fragte er mürrisch und schmollend.

„Wahrscheinlich noch eine Weile." Christoph klopfte ihm von hinten auf die Schulter. „Mann ohne Arme."

„Ist ja schon gut. Schenkst du mir bitte einen Kaffee ein, Lissi?"

„Aber gerne doch." Sie nahm zwei Tassen und füllte sie. „Und für dich, mein Schatz."

Mia setzte sich zu Lukas und Christoph an die Küchentheke. Sie und Lukas versuchten, sich nichts anmerken zu lassen. Sie ging wieder auf das Thema Spieleabend ein.

„Wann wollen die beiden denn kommen und an welche Spiele hattet ihr gedacht?"

„Also Clint sagte, sie würden Monopoly Deal mitbringen und ansonsten müssten wir schauen, was meine Eltern noch so hier hätten. Aber einen Trumpf habe ich heute noch im Ärmel."

„Welcher soll das sein?", fragte Lukas.

„Ich sage nur so viel, dass ich heute noch Brownies backe.", Lissi grinste freudig.

„Ich hoffe nicht, dass wir uns noch dafür entschuldigen müssen, euch hierher eingeladen zu haben.", warf Christoph ein.

„Das frag ich mich langsam auch. Jeden Tag Alkohol und nun auch noch Gras.", entgegnete Mia amüsiert.

„Da frag ich mich ja jetzt schon, wie das heute Abend enden wird." Lukas schüttelte belustigt den Kopf.

„Ach, und um noch deine Frage zu beantworten. Clint meinte, er und Victor kommen so gegen sechs Uhr. Ich würde sagen, dass wir einfach bis zum Nachmittag machen was wir wollen oder hatte jemand Pläne?", antwortete und fragte Lissi in die Runde. Alle nickten einverstanden.

„Wir könnten aber nochmal rasch ein paar Dinge einkaufen gehen, Schatz?"

„Stimmt, wäre eine gute Idee."

Lukas richtete sich an Mia. „Hättest du Lust, ein wenig spazieren zu gehen? Es ist zwar grau, aber nach Regen sieht es derzeit nicht aus."

Lissi und Christoph warfen sich freudige Blicke zu, die zum Glück nicht von Lukas und Mia gesehen wurden.

„Klingt gut. Spazieren geht immer. Dann können wir gleich mal sehen, was der Sturm alles fabriziert hat." Mia konnte es innerlich kaum erwarten, mit Lukas durch die Natur zu spazieren, und auch er schien sich sehr über ihre Antwort zu freuen.

Während Lissi und Christoph noch die Wünsche von Lukas und Mia entgegennahmen und sich bei einer weiteren Tasse Kaffee an den Einkaufszettel machten, verließen die anderen beiden das Haus. Sie liefen in Richtung See und ja, der Sturm hatte so einiges hinterlassen. Es lagen nicht lediglich kleinere Äste auf den Wegen, sondern ebenfalls Baumstämme, über die sie hinübersteigen mussten. Im Waldinneren knisterte es, als würde ein Baum drohen umzufallen.

„Ist schon irgendwie creepy.", ließ Mia verlauten.

„Es hört sich auf jeden Fall gut an.", gab er zu.

„Das der Sturm so gewütet hat, hätte ich nicht gedacht."

„Du hast jetzt aber keine Angst durch den Wald zu laufen, oder?"

„Nein, deshalb nicht. Eher habe ich Angst vor dem Mann ohne Arme.", gab sie zur Antwort und musste unwillkürlich beginnen zu lachen.

„Warte nur ab. Wenn ich dich kriege, dann bringe ich dich persönlich zu ihm.", rief er und begann Mia zu jagen.

„Ich wusste ja nicht, dass ihr euch persönlich kennt.", zog sie ihn weiter auf, während sie vor ihm davonlief.

„Ich krieg dich, warte ab."

„Stopp!" Mit der flachen Hand zeigte sie ihm auf stehen zu bleiben. „Hörst du das?" Mia richtete ihren Blick auf den Hang links von ihr.

„Was? Ich höre nichts.", sagte er verwundert und blickte in den Wald.

Mia rannte weiter. „Da ist auch nichts. Ich wollte mir nur einen Vorsprung verschaffen."

Sie wollte einen kurzen Blick auf ihn und seine Reaktion erhaschen und übersah dabei einen dickeren Baumstamm auf dem Weg. Mia versuchte noch, sich zu bremsen, doch blieb trotzdem mit ihrem Fuß darunter hängen. Sie fiel beinahe in Zeitlupe darüber und stützte sich perfekt mit den Händen auf dem Schotter ab, um Schlimmeres zu vermeiden.

„Mia!", rief Lukas und rannte zu ihr. Als er bei ihr war, hörte Lukas nur, wie sie in lautes Gelächter ausbrach. „Alles in Ordnung?"

„Ja, das war wohl Karma?" Sie schien in einem Lachanfall festzustecken. „Ich falle anscheinend gerne vor dir hin." Sie erinnerte sich an die Bergtour.

Lukas streckte ihr die Hand entgegen. „Vielleicht lässt du dir einfach nur gern von mir aufhelfen."

Mia ergriff seine Hand und zog sich an ihr hoch. „Dankeschön." Sie klopfte den Dreck von ihren Händen.

Lukas schaute an ihr herunter und sah Blut durch ihre Hose hindurch, an ihrem Schienbein. „Du scheinst am Bein zu bluten. Wirklich alles gut?"

„Ja, alles bestens. Das ist sicher nur eine Schürfwunde. Alles gut, wirklich. Wir können gerne noch etwas weiterlaufen."

„Wenn du das sagst, dann gerne." Lukas hielt ihr seinen Arm hin, so dass sie sich einhaken konnte. Mia nahm dies gerne an. Sie liefen still nebeneinander her und schauten sich die Landschaft an. Sie wollten eigentlich noch um den kleinen

See herum laufen, doch die Wolken wurden wieder dichter. Ein leichter Nieselregen begann.

„Ich denke, es wäre sinnvoller, wieder umzudrehen. Nicht wegen dem Regen, aber die Wolken dort hinten sehen sehr dunkel aus.", schlug Lukas mit einem Blick in dessen Richtung vor.

„In einem Gewitter würde ich auch ungern laufen. Also Kehrtwende." Sie drehten gemeinsam um und begannen den Heimweg anzutreten. Sie hatten noch ein gutes Stück vor sich und der Regen wurde schnell stärker. Keiner von ihnen hatte an einen Schirm gedacht oder aber eine Jacke mit Kapuze an. Nach der halben Strecke waren ihre Haare nass, wie nach einer genommenen Dusche. Beide nahmen einen schnelleren Schritt an, auch wenn ihnen das nicht mehr viel brachte. Es war auch schon ein leichtes Grollen aus der Ferne zu hören. Mia ging ein paar Meter voraus und es überkam sie, im Regen Kreise zu drehen.

Sie streckte ihre Arme seitlich aus und ließ den Regen auf ihr Gesicht prasseln. Lukas beobachtete sie mit einem Lächeln. Es war bald nicht mehr weit zum Haus und deshalb überfiel es ihn einfach. Er zog Mia an der Hand zu sich und sie kam dicht vor ihm zum Stehen. Er legte seine Hand auf ihre Wange und blickte ihr tief in die

Augen. Mias Herz pochte und sie wusste, dass jetzt keinerlei Worte notwendig waren. Es war wie jene Situation am gestrigen Abend. Sie legte ihre Hand um seinen Nacken und streichelte sanft darüber. Sie lächelten sich an und ihre Lippen näherten sich einander. Ehe sie wieder irgendetwas daran hindern hätte können, küssten sie sich voller Zärtlichkeit. Sie wollten sich kaum voneinander trennen. Es fühlte sich so gut an. Beinahe richtig, auch wenn es das nicht war. Doch daran wollte derzeit keiner einen Gedanken verschwenden.

Mia dachte sich, dass dieser Mann so gut küssen konnte, und Lukas wollte sie am liebsten nie wieder loslassen. Ein lauter Knall jedoch, ließ sie nochmals darüber nachdenken, besser den Heimweg anzutreten. Sie lösten sich voneinander und keiner der beiden konnte richtig glauben, was da gerade zwischen ihnen geschehen war. Sie hatten sich wirklich geküsst und dieses Mal, wurden sie erst dazwischen unterbrochen. Die Arme ineinandergehakt und schnelleren Schrittes liefen sie weiter. Selbst wenn sie es nicht sein durften, waren sie gerade überglücklich.

„Wie seht ihr denn aus?" Lissi machte große Augen.

„Draußen war es ein wenig nass, deshalb gehe ich erstmal rasch duschen, um mir nichts einzufangen.", ließ Mia im Flur stehend verlauten.

„Und ich tue es ihr nach. Sehen uns dann gleich wieder hier."

„Gehen die beiden jetzt zusammen duschen?!", fragte Christoph von der Couch aus.

„Ich habe keine Ahnung, aber anscheinend sind sie gerade bester Laune. Irgendwie habe ich das Gefühl, es hat sich was geändert."

„Wie meinst du das?"

Lissi ging zur Couch herüber und begann Christophs Schultern zu massieren. „Hast du gesehen wie, nun ja, fröhlich sie aussahen."

„Denkst du, da war was?"

„Ich könnte es mir gut vorstellen."

„Das wäre es ja. Dabei hatten wir so etwas gar nicht auf dem Schirm.", sagte er voller Ironie.

„Ganz ehrlich. Wenn ich mir die beiden so anschaue, dann..."

„...dann findest du, passen sie perfekt zusammen.", vollendete er ihren Satz.

„Lass uns einfach mal abwarten, wie es weitergeht. Ich habe das Gefühl, das da noch was kommt. Ich backe weiter meine Brownies." Lissi küsste ihn kopfüber gebeugt auf die Stirn.

„Aber übertreib es bitte nicht, Schatz.", lachte er.

„Nein, versprochen. Nur für einen leichten Effekt."

Lukas kam kurze Zeit später herunter und zog sich eine trockene Jacke an.

„Willst du schon wieder weg?", fragte ihn Lissi, die gerade die Tüte mit der goldenen Zutat in den Händen hielt.

„Ich wollte nur rasch in den Garten und die Feuerstelle wieder in Ordnung bringen. Habe gesehen, dass es aufgehört hat zu regnen. Hilfst du mir, Christoph? Falls du dich von der Couch trennen kannst."

„Hey, ich bin hier nicht faul, ich lese nur die Zeitung."

„Kannst du dich von ihr trennen?"

„Ja, das kann ich. Ich helfe dir. Gib mir zwei Minuten."

„Ist okay, wir treffen uns draußen."

„Kann ich dir etwas helfen?", fragte Mia Lissi, als sie an die Küchentheke trat.

„Was denkst du, wie viel wäre gut? Vielleicht habe ich auch genug drin?!"

„Oh weh, da kenn ich mich nicht aus. Ich vertrau da ganz auf dich."

„Fakt ist, ich möchte keinen in der Ecke liegen sehen oder nach draußen rennen."

„Dann lass es doch bei dem was du schon hineingetan hast und im Notfall kann man den Rest ja drehen." Mia zwinkerte ihr zu.

„Das ist mal eine richtig gute Idee, dann macht der Ofen jetzt den Rest. Kaffee?"

„Sehr gerne." Mia setzte sich auf den Hocker und Lissi kam kurz darauf mit zwei Tassen Kaffee dazu.

„Also, wir haben für heute Abend fünf Pizzen gekauft, dann brauchen wir nichts weiter vorzubereiten."

„Oh, ist zufällig auch Diavolo dabei?"

„Ganz zufällig ja. Christoph hat gesagt, dass du die gerne isst."

„Oh, perfekt."

„Sag mal, du und Lukas, ihr zwei, ihr wirkt so aufgedreht."

„Vielleicht liegt das daran, dass wir durch den Regen so durchnässt waren."

„Vielleicht liegt es daran. Oder doch an etwas anderem?!" Lissi legte ihren Kopf schräg.

Mia wusste nicht so recht, ob sie erzählen sollte, was geschehen war. Doch in diesem Moment kamen die Männer wieder hinein und hatten wohl ein Gespräch geführt.

„Wir haben gerade etwas beschlossen!", rief Christoph.

„Was soll das sein?", fragte ihn Mia.

„Alles, wirklich alles, was in diesen vier Wänden passiert, ist und bleibt auch hier."

„Müssen wir das jetzt verstehen?" Mia kniff die Augen fragend zusammen.

„Ich habe gerade auch keinen Plan, was genau ihr da erzählt.", schloss sich Lissi Mias Meinung an.

Lukas, der hinter Christoph stand, schmollte und hob die Schultern zu einer Art Entschuldigung an.

„Hey Leute, ich stehe hier gerade voll auf dem Schlauch.", rief Lissi.

Mia hingegen konnte etwas erahnen.

„Schatz, wir wurden entlarvt."

„Ich habe mich draußen mit Christoph unterhalten und fragte ihn ganz beiläufig, ob ihr beide etwas geplant hattet.", äußerte sich Lukas und Lissi biss sich auf die Unterlippe.

„Von was für einem Plan sprechen wir hier?", fragte nun Mia.

Christoph ging zu ihr und legte seine Hände auf ihre Schultern. „Mia, es tut mir so leid, aber ja, ich bin daran beteiligt, dass ich es befürwortet habe, dass Lukas und du euch unbedingt kennenlernen müsst. Ich weiß, ihr seid in festen

Beziehungen und wir haben uns da keineswegs einzumischen und du weißt, ich liebe dich wie eine Schwester und für die möchte ich nun mal nur das Beste."

„Lenk jetzt nicht ab.", forderte sie ihn auf weiterzusprechen.

„Na ja, ich meine, ich kenne dich gut und Lissi kennt Lukas gut. Wir, also Lissi und ich, wir wollten lediglich, dass ihr euch kennenlernt, und der Rest kommt ja dann eigentlich von eurer Seite. Hab ich dir schon gesagt, wie sehr ich dich mag und schätze?" Christoph wirkte sichtlich nervös und er war definitiv jemand, dem Mia nicht böse sein konnte. Er wusste stets, wie es ihr ging. Lissi, die sich weiterhin ertappt fühlte, saß still da und traute sich nichts zu sagen. Lukas stellte sich vor sie.

„Angst gehabt, dass es rauskommt?", fragte er sie.

„Ich sage es mal so. Sicherlich war ich ganz froh darüber, dass Fiona wie auch Daniel nicht mit hierher konnten, doch Christoph muss ich auch recht geben. Was im Nachhinein geschieht, das ist euer Ding." Lissi blickte auf den Boden. „Ist denn etwas passiert?", fragte sie neugierig leise.

Mia legte ihr Gesicht in beide Hände.

„Weinst du jetzt etwa?", fragte Christoph, den Kopf dicht vor sie gerichtet.

„Nein.", hauchte sie in ihre Handflächen hinein.

„Alles was hier passiert, das bleibt auch hier.", sagte Christoph ihr nochmals.

„Also war etwas zwischen euch?", fragte Lissi nun offensichtlicher.

„Das kann euch doch wohl egal sein, ist ja schließlich unser Ding, nicht wahr?", warf Lukas ein und wiederholte bereits gesagte Ansichten.

„Denk bitte an die Brownies, Lissi.", sagte Mia, da sie anscheinend als einzige den starken Geruch wahrnahm. „Davon möchte ich heute definitiv welche von essen.", Mia begann zu schmunzeln.

Punkt sechs Uhr klingelte es an der Haustür und Clint und Victor kündigten sich an. Lissi öffnete voller Freude die Tür.

„Schön, dass ihr wieder hier seid. Ich hoffe, ihr habt Hunger mitgebracht. Wir haben einige Pizzen im Angebot."

„Pizza geht immer.", erwiderte Clint und Victor stimmte dem zu.

Alle begrüßten sich voller Herzlichkeit und es wurden zügig wieder die ersten Getränke ausgeschenkt. Clint und Victor erzählten von ihrer gemeinsamen Woche, die zwar größtenteils in vier Wänden stattgefunden hatte, aber wunderschön war. Clint freute sich darüber, seine Liebe zu Victor bei seinen Freunden offen zeigen zu können. Lukas brachte Mia ein Getränk. Ein sanfter Kuss von Lukas auf ihren Hals ließ Clint fragend zu Lissi schauen. Sie deutete ihm an, einfach nichts weiter dazu zu sagen. Es sei gut, so wie es ist. Lukas und Mia waren in einer Art Gefühlschaos gefangen und die geschlossene Abmachung sollte den beiden dabei verhelfen, sich ohne lästige Kommentare einig in dem zu werden, was für sie das Beste sein würde.

Kapitel 11

Der Abend der sechs Freunde begann gemütlich beim Essen von Pizza und allerlei Gerede. Monopoly Deal erwies sich als ein Spiel, bei dem, wenn auch nicht böse gemeint, derbe Worte fielen. Jeder beschwerte sich bei dem anderen, warum gerade seine Straßen vor der Unvollständigkeit abgenommen wurden, weshalb immer Mia und Christoph die *Dealbreaker* vorgelegt bekamen und irgendwie nie eine *Nein-Karte* auf den Händen hatten, um dem zu entgehen. Nach vielen Runden und stets den gleichen Gewinnern kamen Lissis Brownies auf den Tisch und sie schmeckten köstlich. Clint und Victor würden diese Nacht wieder hier schlafen und mussten sich daher nicht zurückhalten. Sie beendeten das Spiel und drehten lautstark die Musik auf. Christoph war derjenige, der nach etwas verstrichener Zeit anfing, ohne weiteren Grund zu lachen.

„Da scheint wohl die Wirkung einzusetzen." Mia blickte zu ihm und kicherte.

Jeder zeigte eine andere Reaktion auf die Haschbrownies. Christoph lachte, sobald er nur den abgestützten Kopf anhob. Lissi begann andauernd einen Satz, doch konnte ihn nie vollenden, ohne in Gelächter auszubrechen. Lukas versuchte, ihr krampfhaft dabei zu helfen, so dass er einen Sinn ergeben würde, aber grinste so breit, dass er kaum sprechen konnte. Mia gab sich ganz der Musik hin und tanzte, ohne nachzudenken, und war dabei voller Fröhlichkeit. Clint saß auf der Couch und fing den Raum mit genauen Blicken ein, als wäre er ein Architekt und hätte einen Auftrag zu erledigen. Victor starrte aus dem Fenster und zählte die Bäume von links nach rechts und wieder von rechts nach links.

„Wer tanzt jetzt mit mir?", rief Mia in voller Euphorie.

Christoph sah zu ihr auf und brach in Gelächter aus.

„Also von links sind es neun Bäume, von rechts aber nur sieben. Das kann nicht sein.", säuselte Victor vor sich hin und schüttelte nichtsglaubend seinen Kopf.

„Dieser Raum ist wirklich wunderschön.", sagte Clint zu sich selbst.

„Also ich meine, wenn ich das so machen könnte und...", begann Lissi.

„Dann wärst du in der Lage, es...", versuchte Lukas zu entgegnen. Nicht lange und es folgte ein neuer Versuch.

Der Abend nahm seinen Lauf und nach knapp zwei Stunden ging die Wirkung allmählich verloren. Christoph, Clint und Lukas waren zu dritt auf der Couch eingeschlafen. Victor hatte es sich auf dem Sessel bequem gemacht und döste vor sich hin. Einzig und allein Lissi und Mia hatte der Hunger gepackt. Sie legten einige der verbliebenen Pizzastücke auf einen Teller und machten diese in der Mikrowelle warm. Nachdem sie fast alle in sich hineingestopft hatten, übermannte sie zügig die Bettschwere. Sie deckten die Männer mit Decken zu und gingen in ihre Betten.

Am nächsten Tag hingen alle in den Seilen. Draußen zeigte sich an diesem Sonntag der pure Sonnenschein, doch selbst Mia, die täglich hätte spazieren gehen können, wollte nur die Couch hüten. Jeder war bester Laune, aber ihre Körper waren schwach. Sie sprachen sogar nur das Nötigste miteinander und kommunizierten oftmals per Körpersprache. Lissi schien es mit der Rezeptur leicht übertrieben zu haben. Clint und Victor machten sich zum Nachmittag wieder auf den Weg nach Kempten. Da alle erst zwischen elf und zwölf Uhr aufgestanden waren, war dieser schnell erreicht. Mia lehnte an Lukas auf der linken Seite der Couch und Lissi tat es bei

Christoph auf der anderen Seite gleich. Der Fernseher flimmerte vor sich hin, während alle vier nacheinander einschliefen. Der Sonntag hätte hinfälliger nicht sein können. Erst zum späten Abend wachten sie wieder auf und waren weiterhin sehr verkatert. Sie waren sich auch nicht mehr sicher, wie viel sie zusätzlich zu ihrem *High-Sein* getrunken hatten.

„Ich werde heute nicht alt, Leute.", gähnte Lissi und Christoph, Lukas und Mia nickten ihr zustimmend zu. „Es tut mir leid, dass ich es wohl etwas übertrieben habe mit meiner Zutatenliste."

„Ach, ist doch okay.", beruhigte sie Mia. „Wir haben sie ja freiwillig gefuttert."

„Zumindest ist keiner nach draußen gegangen und in die Wälder verschwunden.", gab Lukas witzelnd hinzu.

„Es war auf alle Fälle sehr lustig gestern.", gab Christoph zu. „Doch für heute, nachdem der Tag eh an uns allen vorbeigegangen ist, nehme ich mir noch ein belegtes Brot mit nach oben und gehe zügig ins Bett. Kommst du mit mir, Schatz?"

„Das klingt verlockend und morgen sieht die Welt schon wieder anders aus. Wenn das Wetter passt, dann könnten wir die versprochene Auwaldseerunde machen."

„Das klingt gut, ich wäre dabei. Für heute aber bin ich auch raus. Ich möchte nur noch unter die Dusche und in die Waagrechte.", äußerte sich Mia.

„Na, wenn ihr alle ins Bett geht, dann tue ich das auch.", gab Lukas hinzu und gähnte, von der Müdigkeit der anderen angesteckt.

Mia war nach dem Duschen wieder etwas wacher, was sie dazu brachte, mit dem Nachdenken zu beginnen. Sie lag im Bett und dachte an das Gefühlschaos, welches sich in ihrem Inneren abspielte. Lukas und sie waren sich gestern Abend sehr nah. Sie hatten sich sogar vor den anderen geküsst. Trotz allem versuchten sie, sich irgendwie zurückzuhalten. Mia sehnte sich nach seinen Berührungen. Sehnte sich nach einem Kuss von ihm. Da dieser Punkt der Hintergehung bereits überschritten war, war sie sich sicher darin, es nicht intimer werden zu lassen. Doch der Gedanke an Lukas ließ sexuelle Gedanken in ihr aufkommen. Womöglich sollte sie sich dafür schämen, aber sie tat es nicht. Es waren lediglich Fantasien. Fantasien, die sie jedoch real erscheinen lassen wollte.

Mia schloss die Augen. Sie fuhr mit ihrer Hand unter ihr Top und begann ihre Brüste zu streicheln. Mit der anderen fuhr sie unter

Hotpants und Slip. Das Streicheln ihrer Brüste ging zu einer leichten Massage über. Sie kreiste erst langsam über ihre intimste Stelle, um sich zu stimulieren. Sie wurde schneller und sobald sich ihr Körper nach oben wölbte wieder etwas langsamer. Sie mochte das Gefühl der Selbstliebe. Keine Frau sollte sich dafür schämen. Es war das Natürlichste auf der Welt und einfach wunderbar. Mia begann schneller zu atmen und musste darauf achten, dass sie sich leise verhielt. Um ihren Höhepunkt vor den anderen nicht preiszugeben, hielt sie sich selbst die Hand, welche vor Sekunden noch auf ihren Brüsten lag, auf den Mund. Mit einem Gefühl von Leichtigkeit und einem wohlwollenden Lächeln im Gesicht atmete sie zufrieden ein und aus.

Sie begann sich zwar gut zu fühlen, war aber trotzdem einsam. Sie drehte sich im Bett hin und her und konnte einfach nicht einschlafen. Sie wollte bei Lukas sein. Morgen wäre schon Montag. Es war keine Woche mehr, bis sie ihren kleinen Trip hier beenden müssten. Am Samstagmittag sollte es wieder nach Hause gehen. Nach Hause in die Realität. An diese wollte Mia jetzt aber noch nicht denken. Sie stand auf und ging zu ihrer Zimmertür, die sie leise öffnete. Sie tapste so still wie möglich an die Tür von Lukas und klopfte sachte an. Es kam nichts zurück. Sie zögerte kurz, doch öffnete dann leise. „Bist du noch wach?", fragte sie im Flüsterton.

„Möglich.", lachte er dezent.

„Soll ich wieder gehen?" Mia schmollte für sich.

„Denk nicht dran.", antwortete er ihr und hob seine Decke nach oben. „Komm schon her."

Mia schloss die Tür hinter sich und schlüpfte zu ihm unter die Decke. Sie legte ihre Hände unter die Wange und drehte sich auf die Seite zu ihm. Lukas drehte sich zu ihr hinüber und streichelte über ihr Haar.

„Schön, dass du da bist. Ich hatte auch schon daran gedacht, zu dir zu kommen."

Mia dachte im ersten Moment daran, dass es gut war, dass er das nicht getan hat. „Und das sagst du jetzt nicht nur so?"

„Nein, das tue ich nicht. Ich möchte, dass du bei mir bist."

„Was genau machen wir hier eigentlich?"

„Vielleicht wissen wir das beide nicht wirklich." Mitfühlend blickte er sie an. „Dich plagt das schlechte Gewissen, nicht wahr?"

„Schon etwas. Dich nicht?"

„Ich weiß nicht. Ich verschwende kaum einen Gedanken an Fiona. Nur noch an dich."

Mia legte ihre Hand auf seinen nackten Oberkörper und strich darüber. Sie spürte seine

Muskeln und genoss die von ihm ausgehende Wärme.

„Hast du dir nicht mal überlegt, ob es vielleicht so sein soll?", wollte er wissen.

„Das wir uns kennenlernen?"

Lukas nickte. „Eigentlich dachten Christoph und Lissi ja, dass wir mit unseren Partnern kommen würden und aus irgendeinem Grund sind beide nicht dabei."

Mia musste sich eingestehen, dass etwas Wahres daran war. Wieder kamen ihr die Zeichen in den Kopf, nach welchen sie sich nur allzu gerne richtete.

„Aber, was wird sein, wenn wir wieder von hier fortgehen?", wollte sie nun wissen.

„Ganz ehrlich?!", begann er. „Daran sollten wir im Moment noch nicht denken."

„Wenn das so einfach wäre." Mia schaute ihm tief in die Augen.

„Ich könnte dich davon ablenken. Mit etwas, an das ich schon den ganzen Tag über denke und will."

Mias Gesicht nahm schlagartig eine sehr fragwürdige Mimik an.

„Nicht was du denkst. So jemand bin ich nicht."

„Okay, das ist gut. Doch was ist es dann?"

Er näherte sich ihr und küsste sie sanft auf den Mund. Mia musste nicht lange überlegen und erwiderte seinen Kuss. Ließ sich in diesem fallen.

Kapitel 12

Christoph, Lissi, Mia und Lukas waren am heutigen Morgen wesentlicher fitter. Das Wetter war wunderbar. Es schien, als würde der Frühling kommen. Sie stiegen ins Auto und fuhren nach Fischen hinein, um zum Auwaldsee zu gelangen.

Sie hatten sich ein wenig Proviant mitgenommen, um sich auf einer Bank niederzulassen und die Aussicht über die Iller zu genießen. Lissi hatte Mia schließlich ihren Kanadaausblick versprochen. Am Parkplatz ausgestiegen, ging es auch schon über eine kleinere Erhöhung hinauf, auf den Auwaldseerundweg. Christoph und Lissi gingen Hand in Hand voraus und Lukas lief dicht an Mias Seite. Die letzte Nacht schliefen sie dicht aneinandergeschmiegt und gaben sich auch am Morgen einen Kuss nach dem Aufwachen. Instinktiv hatten sie sich dazu entschieden, die restlichen Tage miteinander zu genießen. Deshalb dauerte es auch nicht lange, bis Lukas Mias Hand ergriff. Ihnen war bewusst, dass ihr Verhalten in keiner Weise richtig war, doch sich gegen ihren Wunsch nach Nähe zu sträuben, das konnten sie nicht. Es war nicht möglich.

„Zu unserer Linken seht ihr den Auwaldsee. Zu unserer Rechten fließt die Iller.", ließ Lissi mit der Gestik eines Tourguides verlauten.

„Es gefällt mir hier. Vor allem das Wasser überall." Mia blickte zu beiden Seiten.

„Warte erst ab, bis wir die Hälfte des Weges erreicht haben. Der Ausblick wird dir gefallen.", stimmte Christoph mit ein.

„Und wann sind wir dort?", fragte sie wie ein kleines Kind.

„Wir sind schon in Kürze dort, mein Mädchen.", witzelte er.

Knapp zehn Minuten später kamen sie auch schon am besagten Aussichtspunkt an. Drei Bänke zierten den Wegrand und boten einen wunderbaren Blick. Die Iller zeigte sich in ihrer vollen Pracht. Eine große Fläche aus kleinen Steinen bot an, näher an sie heranzugehen. In der Ferne zeigten sich die österreichischen Berge und diese waren noch großzügig mit Schnee bedeckt.

„Oh Lissi, du hast mir nicht zu viel versprochen. Es sieht wirklich aus wie in Kanada. So wundervoll. Ein Traum."

„Kann man dort hinuntergehen?", wollte Lukas wissen und zeigte auf die breitgefächerte Fläche aus Steinen.

Christoph ging etwas weiter nach links und schaute in den Weg hinein. „Es scheint nichts abgesperrt zu sein, also von daher sollte es kein Problem geben."

„Wollen wir mal runter oder wollt ihr erst etwas essen, so lange die Bänke frei sind?"

„Lasst uns gerne erst einmal hinunter. Essen können wir auch dort und der Ausblick bleibt uns erhalten.", gab Lissi zur Antwort.

Die vier liefen um die Ecke herum und gingen hinunter ans Wasser. Mia rannte gleich ganz nah an die Iller heran. Sie sog diese wunderschöne Landschaft in sich auf. Lukas umarmte sie von hinten.

„Lass mich raten, du liebst Wasser?"

„Oh ja. Es besitzt beinahe eine magische Anziehungskraft."

Lissi und Christoph begannen Steine in das Wasser springen zu lassen.

„Lissi, ich glaube, du musst noch etwas üben.", feixte Lukas.

„Wie wäre es, wenn du es erstmal besser machst.", forderte sie ihn auf.

„Okay.", ging er zielsicher darauf ein und wählte sorgfältig einen Stein aus.

„Oh weh, Schatz. So wie er schaut, kann er es wohl."

Gespannt warteten alle auf Lukas´ Wurf. Und es zeigte sich, dass er dies nicht zum ersten Mal tat. Der Stein sprang ganze fünf Mal über das Wasser und das trotz kräftigerer Strömung. Lissi blickte verlegen auf den Boden.

„Du bist schon ein kleiner Angeber."

„Ich habe nie damit geprahlt. Ich kann es einfach und schließlich hast du mich aufgefordert.", zwinkerte er.

„Na gut, dann hast du fünf, Christoph drei und ich zwei. Komm Mia, du bist an der Reihe."

Mia suchte sich einen Stein unter der großen Auswahl aus und stellte sich ans Wasser. „Ich glaube, nach mir bist du nicht mehr die Letzte.", kicherte sie. „Ich weiß nicht mal, wie ich den Stein halten muss."

„Du musst lediglich..."

„Halt, halt, Lukas. Keine Tipps.", unterbrach ihn Lissi.

„Ist ja schon gut.", lachte er.

Mia versuchte, sich so gut es ging zu konzentrieren. Sie hatte das vielleicht früher einmal als Kind gemacht und war sich nicht sicher, ob sie gut oder schlecht darin war. Sie fixierte einen Punkt und flehte den Stein in Gedanken an zu springen.

„Dein Ernst jetzt?", platzte es verdrossen aus Lissi heraus.

„Nicht schlecht, Mia. Somit haben wir Gleichstand.", applaudierte Christoph.

„Cool. Hätte ich nicht gedacht. War sicher nur Anfängerglück."

„Das baut mich jetzt zwar nicht auf, aber ich probiere noch ein wenig weiter." Lissi nahm sich gleich mehrere Steine in die Hand und Christoph versuchte, ihr etwas Technik beizubringen.

Mia setzte sich auf einen dicken Holzstamm. Sie beobachtete Lukas, der gerade etwas weiter wegging, da sein Handy einen Anruf angekündigt hatte. Ob es Fiona war? Sie wollte nicht weiter darauf achten und holte aus einem der Rucksäcke die Thermoskanne mit dem Tee heraus.

Der Blick hier war wirklich gigantisch. Nichts weit und breit außer Wasser, Wald und Berge. Sie beobachtete einige Spaziergänger. Das gute Wetter schien die Leute nach draußen zu ziehen. Zu Beginn überlegten sie noch, ihren Spaziergang zu verlängern und das Auto am Haus stehen zu lassen, aber die Pandemiezeit hatte eine kleine Ruhephase erreicht und am Parkplatz standen noch weitere Autos mit entfernteren Kennzeichen. Es schien also keine Gefahr zu bestehen, von der Polizei kontrolliert zu werden.

Lissi sprang vor Freude mehrmals in die Luft. Sie hatte wohl langsam den Dreh mit den Steinen heraus. Christoph ermutigte sie immer wieder aufs Neue. Lukas hörte man aus der Ferne freudig lachen. Er lief auf und ab und blickte ab und an zu Mia hinüber. Einen kurzen Moment später verabschiedete er sich von dem Anrufer und ging auf sie zu.

„Na, gab es gute Nachrichten?", fragte sie sehr interessiert.

„Ach, ein Mitarbeiter von mir hat mich nur etwas wegen der Bestellung fragen wollen und dann gab es noch etwas Smalltalk. Er ist einer meiner besten.", antwortete er ihr.

„Dann ist er schon lange dabei?"

„Ja. David ist beinahe seit vier Jahren bei mir angestellt. Er ist für den Foodtruck in Berlin verantwortlich. Ein toller Kerl.", lobte er ihn.

„Arbeitest du manchmal noch selbst im Truck oder bist du nur noch Chef?"

„Ehrlich gesagt bin ich eher Chef, aber wenn ich mal Lust und Laune habe, dann bediene ich selbst. Vor allem in Frankfurt. Es soll mich dann stets daran erinnern, wie ich mal angefangen habe und mich am Boden halten."

„Super Einstellung.", entgegnete Mia ehrlich.

„Weißt du eigentlich schon, wie es bei dir weitergehen wird?"

„Wenn ich das wüsste. Die Gastronomie wird sich wahrscheinlich erst einmal erledigt haben. Glücklicherweise habe ich mir ein bisschen was angespart und muss nicht um Geld bangen. Vielleicht vertiefe ich die Sache mit der Holzkunst."

„Das klingt doch nach einem Plan. Vielleicht ist es die Möglichkeit für dich, etwas Großes daraus zu machen."

„Wichtig wären dafür größere Räumlichkeiten. Wenn ich mich dazu entscheiden würde, dann möchte ich nicht lediglich bei kleineren Produktionen bleiben. Sie sind zwar hübsch, aber für mehr wohl nicht ausreichend."

„So eine Art Wandbild aus Holz?", schlug er fragend vor.

„Ja, irgendwie in diese Richtung. Ich meine, ich habe schon Untersetzer, Anhänger und alles kreiert, aber ich dachte an eine Art Holzdeko, wie zum Beispiel mit einem Spruch und dieses dann mit einem Glasrahmen umfasst. Am besten noch so, dass man eine Lichterkette darin einfassen könnte. Verstehst du, wie ich es meine? Klingt wahrscheinlich ein wenig blöde." Mia schmollte.

„Warum soll das blöde klingen. Ich kann es mir bildlich vorstellen. Wirklich. Ich persönlich finde, das klingt richtig gut. Hast du schon einmal versucht, etwas zu verkaufen?"

„Nein, um ehrlich zu sein, habe ich mich nie richtig getraut.", gab sie zu. „Wahrscheinlich habe ich Angst davor, dass ich all die Jahre umsonst so viel Zeit in meine Leidenschaft investiert habe."

„In eine Leidenschaft investiert man nie umsonst Zeit. Sie ist etwas, was einem am Herzen liegt und vor allem Spaß macht. Zu gerne würde ich mal etwas davon sehen."

„Das Einzige, was ich dir anbieten kann, ist ein kleiner Anhänger an meinem Schlüsselbund."

„Den hast du wahrscheinlich nicht hier dabei."

„Nein, der ist im Haus."

„Ich werde es nicht vergessen." Lukas zwinkerte ihr zu.

„Ich werde sicher noch zur Meisterin." Lissi kam angerannt und setzte sich mit auf den Holzstamm. „Und nun brauche ich etwas zu essen. Hatten wir nicht zufällig Buttercroissants mitgenommen?!"

Lukas öffnete seinen Rucksack und reichte ihr die Papiertüte. „Hier, bitte."

„Danke dir."

„Wo ist eigentlich Christoph?", fragte Mia, die ihn nirgendwo mehr sah.

„Der ist kurz hinter den Baum verschwunden.", kicherte sie. „Und was besprecht ihr hier so? Irgendetwas interessantes?"

„Ich habe mich mit Mia über ihre Kreativität unterhalten."

„Ach du meinst ihre eigens kreierte Holzkunst?"

„Genau die."

„Ach Leute, hört doch jetzt damit auf.", forderte Mia sie auf.

„Sie reagiert immer so darauf, ich kann das auch nicht verstehen." Lissi rief Christoph zu ihnen, der wieder in Sichtweite war. „Schatz. Gibst du mir bitte mal meine Schlüssel."

Christoph kam zu ihnen und reichte seiner Freundin die Schlüssel. „Willst du abhauen?", fragte er lachend.

„Nein, ich möchte Lukas nur etwas zeigen."

Sie reichte ihm ihre Schlüssel und zeigte den Anhänger.

Lukas nahm ihn entgegen und begutachtete diesen. Es war ein dezenter Kreis aus naturbelassenem Holz. Dieses war in etwa ein Zentimeter breit und kaum einen halben Zentimeter dick. Es bildete die Umrandung und war mit einer kreativen Gravur versehen. Inmitten des Holzrings schwang eine kleine Schutzengelfigur in Silber. Der Anhänger wirkte detailgetreu und auch wenn es nun nicht unbedingt die Männerwelt ansprach, befand Lukas es definitiv als Kunst.

„Mia, das ist richtig gut. Eine perfekte Feinarbeit."

„Wirklich?", fragte sie voller Ernsthaftigkeit.

„Fragst du das wirklich?", mischte sich Christoph mit ein. „Du kannst das richtig gut, dir wurde nur der Mut genommen."

Lukas konnte sich vorstellen, von wem die Rede war und ging deshalb nicht weiter darauf ein.

„Ja, wirklich.", gab er zurück und reichte auch Lissi wieder ihren Schlüssel.

„Ich danke euch für euer Feedback.", sagte sie etwas verschüchtert in die Runde und schlürfte den Tee leer. Sie verschloss ihn wieder und stellte die Kanne auf den Steinen ab. „Ich gehe nochmal ans Wasser."

„Es ist doch wegen Daniel, oder? Ich meine die Sache mit dem Mut.", fragte er nun Christoph und Lissi, nachdem Mia gegangen war.

Beide nickten ihm zu und behielten gedachte Sätze für sich. Lukas hätte nur allzu gerne erfahren, wie genau er sie entmutigt hatte. Wahrscheinlich äußerte er nur wenig oder wohl gar kein Interesse dafür. Er hoffte, dass Mia in dieser Angelegenheit auf ihr Talent vertrauen würde und sich nicht von jemand anderem reinreden ließ. Er beobachtete sie, wie sie am

Wasser saß und mit den Händen im Wasser spielte. Er wollte sie etwas in Ruhe lassen und schloss sich dem improvisierten Frühstück von Lissi und Christoph an.

Mia schien in seinen Augen eine Frau zu sein, die es nicht nur liebte, der Musik zu lauschen und vor allem zu tanzen, wann und wo es ihr möglich war. Nein, sie war so viel mehr, doch sich dessen nicht bewusst. Er war sich sicher, dass sie nicht einmal wusste, welche Wirkung sie auf einen Mann haben konnte. Er fragte sich, ob Daniel es schon so weit brachte, sie innerlich zu brechen. Wenn er sich dies vorstellte, dann tat es ihm im Herzen weh. Wie konnte man einer Frau, die wunderschön war, eine Leichtigkeit ausstrahlte und lächelte, dass einem warm ums Herz wurde, nur so etwas antun. Jedoch konnte er sich in dieser Hinsicht nicht einmischen und im Grunde genommen war es sein Urteil, welches er fällte und dies über jemanden, den er nicht kannte.

Mia kam nach guten zehn Minuten zu den anderen zurückgelaufen.

„Wisst ihr, auf was ich heute noch Lust hätte?" Sie stellte sich, die Arme in ihre Hüften gestemmt, bestimmend vor die anderen.

„Sag an.", forderte sie Lissi auf. „Wir sind ganz Ohr."

„Der Whirlpool ist doch beheizbar, oder? Und du sagtest, du hättest eventuell noch einen Bikini für mich?!"

„Da sag ich ja und ja. Klasse Idee"

„Also ich wäre auch dabei.", stimmten Lukas und Christoph im Chor zu.

„Dann wissen wir ja, was wir als Nächstes tun werden.", freute sich Mia.

Kapitel 13

Christoph und Lukas richteten den Whirlpool her und schauten nochmals, ob auch alles in bester Ordnung war, während Lissi Mia zwei Bikinis zeigte.

„Zum Glück haben wir beide die gleiche Größe." Sie gab ihr einen schwarzen und einen dunkelblauen Zweiteiler. Da der dunkelblaue Bikini mit sehr viel Spitze versehen war und der schwarze eher schlicht gehalten, zog sie diesen vor.

„Wie ich schon sagte, im Notfall würde ich mich auch in Unterwäsche hineinsetzen, aber ich probiere den gerne mal an."

„Nur zu, ich warte hier und möchte dich begutachten. Als Freundin gesehen natürlich.", lachte Lissi.

„Und, ist was dabei?", fragte Christoph vom Flur aus. Er und Lukas wollten sich ihre Badehosen anziehen.

„Sie probiert gerade einen an.", antwortete sie ihm, während sie ihr Bikinioberteil mit einer zweiten Schleife festmachte.

Christoph sah sich seine Freundin an und schmunzelte.

„Hab ich dir eigentlich mal wieder gesagt, wie wunderschön du bist." Er stellte sich dicht vor sie und umfasste ihre Taille. „Und, dass ich dich über alles liebe."

„Ich liebe dich auch und ja, das lässt du mich sogar sehr oft wissen." Lissi zog ihn mit ihrer Hand an seinem Nacken zu sich und küsste ihn innig.

„Ich bin ein wahrer Glückspilz.", sagte er zu ihr und küsste sie ein weiteres Mal.

„Ich weiß.", lachte sie liebevoll. „Und nun zieh dir deine Badehose an, sonst habe ich gleich was anderes mit dir vor."

Christoph kleidete sich rasch um und auch Lukas kam wieder aus seinem Zimmer. Die Männer gingen kurzerhand mit Handtüchern unter dem Arm wieder nach unten und wollten noch ein paar Getränke und Snacks vorbereiten.

Mia kam aus ihrem Schlafzimmer heraus und war froh darüber, dass der Bikini passte.

„Oha, hast du trainiert?", fragte Lissi sie mit großen Augen.

„Ich versuche, wieder etwas mehr Sport zu machen, aber viel hat sich eigentlich noch nicht geändert." Mia schaute an sich herunter.

„Man könnte meinen, bei dir bilden sich schon leichte Bauchmuskeln."

„Ach, so ein Quatsch. Oben herum könnte es dafür etwas mehr sein.", lachte sie. „Aber du kannst dich auch zeigen lassen."

„Dankeschön.", entgegnete sie aufrichtig. „Also sind wir fertig, oder?"

„Ich bräuchte noch fünf Minuten. Ich möchte mir gerne noch rasch die Beine rasieren.", feixte sie.

„Kann ich dich begleiten. So weit habe ich noch gar nicht gedacht.", kicherte sie ebenfalls.

„Auf geht es." Mia schwang ihren Arm zur Aufforderung.

Die Männer saßen bereits im Whirlpool und hatten ein paar Kleinigkeiten zurechtgestellt. Es gab Eistee, Bier, Käse mit aufgespießten Trauben und Chips. Mia und Lissi kamen mit Handtüchern um ihre Körper gewickelt herunter und gingen in den Garten hinaus. Mia hatte sich ihre Haare zu einem Dutt hochgesteckt, um sie vor dem Wasser zu schützen.

„Und, ist es schön warm bei euch?", wollte Mia wissen.

„Er heizt noch etwas auf, aber es hat beinahe Badewannentemperatur.", gab dem Christoph entgegen.

Sie legten ihre Handtücher ab und stiegen in den Whirlpool hinein. Lukas gefiel sehr, was er zu sehen bekam. Dies konnte er mit einem musternden Blick, den vor allem Christoph mitbekam, keineswegs leugnen.

„Ui, ist das schön kuschelig hier drin.", sagte Mia und setzte sich in die freie Ecke neben Lukas.

„Was möchten die Damen trinken?", wollte Lukas wissen, da bei ihm alles stand.

„Ich nehme erst einmal einen Eistee.", meldete sich Lissi und auch Mia wollte vorab bei einem nicht alkoholischen Getränk bleiben.

„Also Mia, das war eine sehr gute Idee von dir."

„Nicht wahr, Christoph. Ich habe eben viele gute Ideen."

Mia legte ihren Kopf ab und schloss die Augen.

Lissi schmiegte sich an Christoph und legte ihren Kopf auf seiner Schulter ab. Lukas war noch immer von Mias kürzlichem Anblick im Bikini wie in einen Bann gezogen.

Er spürte plötzlich ihre Hand auf seinem Oberschenkel. Sie fuhr ihm sanft darüber. Rauf und runter. Runter und rauf. Sie ließ ihre Augen geschlossen und ließ diese Annäherung dadurch nicht auffällig werden. Ein zufriedenes Lächeln zauberte sich auf ihr Gesicht.

„Denkt ihr eigentlich, dass Victor uns nach dem Spieleabend immer noch gut leiden kann?", fragte Lissi in die Runde. Mia, weiterhin dösend, lachte. „Wenn er kein Problem damit hatte, dass er Bäume gezählt hat."

„Ich bin mir ziemlich sicher, dass er uns wieder besuchen würde.", entgegnete Christoph.

Mia öffnete nun die Augen und richtete sich etwas auf.

„Also, ich muss ja schon sagen, dass die beiden echt verdammt schnuckelig sind, und ich denke, dass sie sich die beiden Male hier wohl gefühlt haben. Vor allem, weil sie sich offen ihre Zuneigung zeigen konnten."

„Ich hoffe einfach nur, dass das zwischen ihnen bald mal was Ernstes wird. Es sieht ja wohl jeder, dass sie verrückt nacheinander sind.", sagte Lissi empört und ernst zugleich.

„Vielleicht ist es ja jetzt schon etwas Ernstes und sie reden nur nicht darüber.", warf Lukas ein und dem Blick von Lissi und Christoph nach zu urteilen, hielten sie diese Aussage als zweideutig.

„Spätestens wenn es wieder zurückgeht, werden wir es sicherlich von Clint erfahren.", erwiderte Mia und wollte Lukas dabei verhelfen, nicht im Visier zu stehen. Auch sie hatte die Blicke bemerkt. Sie rutschte zu Lukas hinüber und schaute ihn mit Hundeblick an.

„Gibst du mir bitte ein Stück Käse mit Traube?" Sie klimperte mit den Augen.

„Kommt darauf an, was ich dafür bekomme.", forderte er neckisch auf.

„Gib mir eins und dann wirst du es wissen."

Lukas beugte sich über den Pool und griff nach einem Spieß, wollte diesen Mia geben, doch zog ihn wieder zurück. „Also, was bekomme ich dafür?"

Sie deutete ihm mit dem Zeigefinger auf näher zu kommen, so dass sie ihm etwas ins Ohr flüstern konnte. Lukas wurde neugierig und tat, wie ihm befohlen wurde. Das Bier noch immer von ihr entfernt gehalten. Christoph und Lissi schauten den beiden amüsiert zu.

„Die restlichen Nächte schlafe ich an deiner Seite.", flüsterte sie hauchend in sein Ohr. Sie entfernte sich wieder, um ihn ansehen zu können. Ihre zwei Freunde konnten kein Wort von dem, was sie sagte, hören.

„Deal?", wollte sie wissen.

Lukas reichte ihr den Happen. „Klingt nach einem Plan." Große Freude überkam ihn.

Ohne weiter nachzudenken, gab Mia ihm einen flüchtigen, aber liebevollen Kuss. Er nahm sie daraufhin in den Arm und sie wich nicht mehr von seiner Seite. Mia wunderte sich über sich selbst. Lukas dies gesagt zu haben, es anzubieten. Sie entschied rein aus ihrem Herzen heraus. Ihre Gefühle fuhren Achterbahn und sie konnte sich einfach nicht dagegen wehren.

Nach dem Relaxen im Whirlpool und einem gemütlichen Abendessen, bat Christoph Lukas darum, nochmals mit ihm auf ein Bier nach draußen zu gehen. Mia und Lissi machten es sich auf der Couch gemütlich und schauten einen Film.

Morgen sollte der große Tag sein. Christoph wollte sich trauen und Lissi einen Antrag machen. Dafür bat er um ein wenig Unterstützung. Lukas war fortan dabei.

„Ich dachte mir, ich mache ein Lagerfeuer und stelle noch ein paar Fackeln auf.", begann er von seinem Vorhaben zu erzählen.

„Hast du welche da?", wollte Lukas wissen.

„Ja, ich habe im Keller welche entdeckt und das sind einige. Wenn nur die Hälfte gehen würde, wäre es ausreichend."

„Das heißt, es muss auf jeden Fall dunkel sein, wenn es so weit ist."

„Definitiv. Ich würde zudem gerne die Rosengirlande, die im Schuppen gelagert ist, auseinandernehmen und aus diesen dann einen Weg zwischen den Fackeln zum Lagerfeuer machen. Es wäre perfekt, wenn du mir dabei helfen könntest. Ich hätte natürlich auch Mia fragen können, aber du wusstest bereits Bescheid und da dachte ich mir, ich frage dich."

„Hey, ich mach das sehr, sehr gerne. Mia müsste jedoch dafür sorgen, dass Lissi vorher nicht hier ist."

„Das wäre auch noch etwas, was du für mich organisieren könntest. Da du und Mia ja derzeit oft beieinander seid, könntest du es bitte ansprechen und ihr findet einen Weg? Ich bin einfach jetzt schon zu aufgeregt, als das ich noch mit Mia darüber sprechen müsste."

Lukas legte seine Hand auf Christophs Schulter.

„Ich kann dich verstehen. Es ist alles gut, wir kriegen das geregelt. Ich werde es Mia heute noch sagen und sie wird Lissi sicher ein paar Stunden beschäftigen können."

„Ich danke dir, Lukas."

„Nichts zu danken. Wir werden etwas finden, was die Mädels unternehmen können und in dieser Zeit richten wir zwei alles her. Ich freue mich für dich." Lukas klopfte ihm auf die Schulter.

„Was ist das denn eigentlich jetzt mit dir und Mia?", wollte Christoph nun wissen.

„Etwas Schönes. Etwas Irreführendes. Ich weiß es nicht."

„Darf ich dich direkt fragen?"

„Sicher."

„Denkst du daran, Fiona für sie zu verlassen?"

Lukas biss sich auf die Unterlippe und schien darüber nachzudenken. Im Grunde genommen hatte er die Zeit bisher einfach genossen und versucht, so gut wie gar keinen Gedanken an sie zu verschwenden, aber wenn er nach seinem Herzgefühl antworten müsste, dann wäre die Antwort wohl ja.

„Es könnte gut sein." Lukas blickte in die Ferne.

„Denkst du, sie würde Daniel verlassen?"

„Weißt du, ich kenne Mia schon eine Zeit lang und sie hapert schon so lange mit dieser Beziehung. Mia ist jedoch ein Mensch, der schwer sagen kann, was er wirklich möchte. Ich sehe, wie sie hier aufgeht und vor allem so ist, wie sie ist und ich weiß, dass sie sich vor Daniel verstellt."

„Du willst mir damit wahrscheinlich sagen, dass du es nicht weißt.", munkelte er.

„So ist es. Tut mir leid. Ich merke, du magst sie und jemanden wie dich, würde ich mir für sie wünschen."

„Nun geht es aber um dich und Lissi, nicht um meine Angelegenheiten.", wechselte er das Thema. „Ich werde Mia einweihen und dann kann morgen die Frage der Frage gestellt werden."

Die Männer gingen wieder nach drinnen und Mia und Lissi schienen ganz in den Film vertieft.

„Was schaut ihr?", fragte Christoph.

„Während du schliefst. Ein Klassiker.", lachte Lissi.

„Das klingt schwer nach einem Liebesfilm.", witzelte Lukas.

„Oh ja. Sie glaubt, genau diesen einen Mann zu wollen, der im Koma lag und dann ist es doch ein anderer, der der Richtige für sie ist.", sagte Mia, voller Gefühl in der Stimme.

„Er geht aber nicht mehr lange, vielleicht zwanzig Minuten."

Lukas und Christoph setzten sich auf die Hocker an der Küchentheke und schauten von der Ferne zu. Nicht aber, um den restlichen Film mit anzuschauen, sondern um Lissi und Mia dabei zu beobachten, wie sie dahinschmolzen. Das war für die beiden Männer das bessere Kino. Nach beendetem Film nickte Lukas Christoph zu und lehnte sich über die Couch hinunter zu Mia.

„Könnte ich dich mal kurz sprechen?", fragte er sie, ins Ohr flüsternd. „Es ist wichtig."

Mia war etwas verdutzt und war sich unsicher, ob das Gespräch um sie beide gehen sollte. Unruhe breitete sich in ihr aus. So weit war sie noch nicht.

„Klar.", antwortete sie kleinlaut, stand auf und sie gingen nach oben in sein Zimmer.

„Haben die beiden noch was vor?", mutmaßte Lissi mit einem Grinsen.

„Selbst wenn, das geht uns nichts an." Christoph war dankbar dafür, dass Lukas alles mit Mia für den morgigen Abend klären würde. Er nahm den nun leeren Platz auf der Couch ein und zog Lissi zu sich. „Dafür haben wir jetzt ein wenig Zeit für Zweisamkeit."

Lissi schmiegte sich an ihn und Christoph umhüllte sie mit seinen Armen.

Mia lehnte sich, mit den Händen hinter ihrem Rücken, an die Zimmerwand. „Ist alles okay? Muss ich mir Sorgen machen?"

„Es ist alles in bester Ordnung. Wir zwei müssen nur etwas besprechen."

„Um was geht es denn?" Mia wirkte weiterhin unsicher.

Lukas stellte sich vor sie und fasste sie an ihrer Taille.

„Ehe ich dir das sage...", begann er leise und unterbrach sich selbst. Er näherte sich Mias Gesicht und seine Lippen berührten die Ihren. Mia erwiderte seinen Kuss, ohne zu zögern. Er fuhr hinter ihren Rücken, nahm ihre Hände und führte sie über die Wand entlang nach oben. Lukas drückte seinen Körper sanft an sie. Ihre Küsse wurden intensiver und leidenschaftlicher.

Das Bild, welches Lukas von Mia in ihrem Bikini vor sich hatte, ließ es ihn nicht leichter fallen, sich von ihr zu entfernen. Wie gerne hätte er sie unterhalb ihres legeren Pullovers berührt. Seine Hände umschlossen die von Mia noch fester, nur um in dieser Umklammerung zu verharren. Nur, um nicht doch einen Schritt zu weit zu gehen. Mia erging es nicht anders. Nur allzu gerne hätte sie ihm sein T-Shirt ausgezogen, sich mit ihm auf das Bett sinken und alles seinen Lauf nehmen lassen, doch auch sie war sich dessen bewusst, dass es nicht so weit kommen durfte. Sie wollten einander so sehr, doch mussten sich einfach zurückhalten. Sie durften es nicht tun.

Mia und Lukas entschleunigten den Kuss zeitgleich. Er ließ ihre Hände los und legte eine Hand auf ihre Wange. Ein weicher Kuss beendete den Moment. Sie sahen sich an und jeder wusste, was der andere gerade zu denken schien.

Mia platzierte ihre Hand auf Lukas Brustbein und atmete schweren Herzens ein und aus.

„Also, was wolltest du mit mir besprechen?", fragte sie ihn deshalb und beendete schweren Herzens diesen wunderschönen und innigen Moment.

Kapitel 14

Mia und Lukas stießen zum Frühstück hinzu. Lissi und Christoph schienen schon bald damit fertig zu sein. So sehr sich Lukas und Mia gestern einander hingeben wollten, sie hatten es geschafft, dem Drang zu widerstehen. Sie gingen nicht mehr zu den anderen nach unten, sondern gemeinsam ins Bett. Mia legte ihren Kopf auf Lukas Brust und schlief schon bald ein, während er ihr zärtlich über den Arm streichelte.

Heute jedoch war Christophs Tag. Lukas hatte sie eingeweiht und Mia hoffte, Lissi heute zu einem Mädelstag überreden zu können. Sie setzten sich zu den anderen an den Tisch und Mia lächelte, unbeobachtet von Lissi, ihren besten Freund breit an. Sie freute sich sehr darüber, dass er ihr einen Antrag machen wollte. Lukas schenkte ihnen Kaffee ein und den anderen beiden nach. Mia nahm sich ein frisch aufgebackenes Brötchen, schnitt es auf und strich Marmelade darauf. Nun waren ihre schauspielerischen Fähigkeiten gefragt und sie wollte niemanden enttäuschen.

„Lissi, ich hätte heute Lust auf einen Tag unter Mädels. Was sagst du dazu?", fragte sie kauend.

„Ein Mädelstag. Das heißt Zeit für intime Frauengespräche.", grinste sie. „An was hast du gedacht?"

„Wir könnten nochmal eine kleine Yoga-Session machen und heute zum späten Mittag etwas laufen gehen? Gibt es hier vielleicht noch einen anderen See, der etwas größer ist und um den man laufen kann?" Mia hoffte innigst, dass Lissi Lust hätte.

Lissi trank von ihrem Kaffee und schien zu überlegen. Schon allein der Gedanke daran, Mia ausfragen zu können schien ihr zu gefallen.

„Es gäbe den Grüntensee. Da laufen wir dann aber wirklich nicht nur eine Stunde."

„Warst du schonmal dort?" Mia wollte nicht gleich zu überschwänglich wirken.

„Vor längerer Zeit, ja. Der Weg ist wirklich sehr schön."

„Hättest du Lust?", fragte Mia erneut.

„Kannst du einen Tag auf deine bessere Hälfte verzichten?" Lissi richtete sich an Christoph.

„Mmh, solange es nur heute ist." Er lächelte sie an.

„Dann ist das unser Tag, Mia, wann wollen wir starten?"

„Kurz nach dem Frühstück Yoga, umziehen und los?!" Mia zuckte mit den Schultern.

„Okay, einverstanden. Und was machen die Männer dann den heutigen Vor- und Nachmittag? Schon Pläne?"

Nun mussten sich Lukas und Christoph etwas einfallen lassen, nicht dass sich Lissi dazu entscheiden würde, sie doch mit auf die Runde mitzunehmen.

„Ich könnte mich mal für ein paar Stunden mit meinem Dasein als Chef beschäftigen. Bestellungen, die aktuellen Auflagen und Co.", antwortete Lukas und nahm sich ein weiteres Brötchen.

„Ich gehe alles ganz gemütlich an. Zeitunglesen, vielleicht schaue ich nochmal im Garten nach dem Rechten. Aber ich glaube, beim Yoga schaue ich euch noch zu.", feixte er, um auch etwas Ablenkung zu verschaffen.

Lukas lachte auf. „Ich glaube, bei Letzterem schließe ich mich Christoph an."

Die Mädels verdrehten gleichzeitig die Augen und amüsierten sich über die beiden Männer.

Nach ihrer Yogastunde und ab und an heimlichen Blicken von Christoph und Lukas fuhren Mia und Lissi zum Grüntensee. Einige Wolken waren am Himmel zu sehen, doch es schien keine Schlechtwetterfront auf sie zuzukommen. Bevor es an den Seeweg ging,

171

führte es die beiden durch einen Wald. Mia fand es spitze hier und Lissi freute sich, sie nun ausfragen zu können.

„Kam es zu dem Mädelsausflug, weil du mir ein bisschen was erzählen möchtest?", fragte Lissi, während sie den Weg entlangschlenderten.

Nein, ich muss Christoph nur ein wenig Zeit verschaffen, weil er dir heute einen Antrag machen möchte, dachte sich Mia. „Eigentlich nicht.", äußerte sich Mia. Irgendwie schien es ihr aber gar nicht so unpassend, mal mit jemandem darüber sprechen zu können. Schließlich bekamen Lissi und Christoph alles live mit.

„Willst du denn wirklich, dass ich dir mein Herz ausschütte?"

„Du weißt doch, wie neugierig ich sein kann.", gab Lissi zu. „Zu gern würde ich erfahren, was da derzeit los ist."

„Beginnen wir mal anders. Wie gut kennst du Lukas?"

„Ich kenne ihn gut genug, um zu wissen, wie er tickt. Er ist eine ehrliche, treue Seele und ein wunderbarer Mensch. Er würde nie etwas tun, wenn er es nicht wirklich möchte."

„Kennst du Fiona?", wollte sie wissen.

„Ja." Die Bejahung klang eher abwertend.

„So schlimm?" Mia zog die Augen zusammen.

„Sie waren zweimal gemeinsam bei uns. Zu Beginn und völlig unvoreingenommen dachte ich, sie scheint ganz in Ordnung zu sein, aber bereits über den ersten Abend hinweg, wurde sie mir immer unsympathischer. Sie brachte eine so große Arroganz mit sich und beim zweiten Mal, da hat sie es ganz bei mir verkackt.", antwortete sie direkt.

„Inwiefern?" Jetzt wurde Mia neugierig.

„Du glaubst gar nicht, wie sie Lukas hin und her gescheucht hat. Tue dies für mich, tue das für mich. Ich bin eine Königin und so weiter. Wollte er einmal durch ihr Haar streichen, hatte sie sichtlich Angst, er könne ihre Frisur zerstören. Dieses Gehabe als Diva ist einfach überhaupt nicht meins!"

„Aber trotz allem sind sie schon eine lange Zeit zusammen.", bemerkte Mia.

„Ja, doch ich kann es einfach nicht verstehen. Ich weiß ja nicht, warum er das alles mitmacht. Vielleicht verhält sie sich ja in Zweisamkeit anders."

„Mmh?!"

„Egal. Oder wie dem auch sei. So wie er dich ansieht, hat er sie noch nie angesehen. Ich merke Lukas an, dass er echt wahnsinnig verrückt nach dir zu sein scheint."

„Na ja, es könnte auch einfach nur der Urlaub hier sein. Die Flucht aus der Realität."

„So einer ist er nicht und so weit ich von Christoph weiß, bist du auch jemand, der so etwas im Normalfall nicht tun würde. Irre ich mich?"

Mia begann bei dem Gedanken an gestern Abend zu lächeln. Lissi ertappte sie dabei und riss die Augen weit auf.

„Ihr habt doch nicht etwa miteinander geschlafen?"

„Was? Nein, haben wir nicht. Wirklich. Das wäre das Schlimmste, was wir tun könnten. Darin sind wir uns beide einig. Wir sind so oder so bereits zu weit gegangen. Aber ja, es wäre gestern fast so weit gekommen.", gab sie verlegen zu.

„Respekt!"

„Wofür?"

„Na dass ihr euch zurückhalten konntet. Ist ja nicht so, dass man euch den Tag über nicht sieht. Ich meine, wie ihr miteinander umgeht und so."

Drei Fahrradfahrer kamen ihnen entgegen. Sie warteten kurz an der Seite und liefen dann weiter.

„Denkst du überhaupt noch an Daniel?", fragte Lissi direkt.

„Ehrlich?"

„Ja, natürlich ehrlich."

Mia biss sich ertappt auf die Unterlippe.

„Ich wünschte, dass mit uns wäre einfach vorbei. Beim letzten Telefonat vor vier Tagen sagte er mir nur, dass er bis heute nicht zu erreichen sei, weil er auf einer Schulung in Frankfurt ist."

Lissi legte nachdenkend ihren Zeigefinger ans Kinn.

„Eine Schulung, die am Wochenende beginnt und in der Pandemiezeit stattfindet, in der beinahe alles abgesagt wird?! Interessant."

So weit hatte Mia noch gar nicht gedacht. Zu sehr war sie mit ihren Gefühlen zu Lukas beschäftigt gewesen. War Daniel wirklich auf einer Schulung? Das Schlimme daran war, dass es ihr sogar egal gewesen wäre.

„Tut mir leid, ich wollte dich jetzt nicht in die Irre führen. Vielleicht gibt es wirklich eine Fortbildung oder Ähnliches. Ich kenne mich da ja nicht aus."

„Alles gut. Ich mache mir gar keine Gedanken drum. Eigentlich schon wahnsinnig traurig, oder?"

„Ich denke einfach, das liegt daran, dass du momentan in einem totalen Gefühlschaos festhängst. Und wir fanden auch noch Gefallen daran, euch einander näher zu bringen." Lissi schien ein schlechtes Gewissen zu haben.

„Na ja, ein Kennenlernen bedeutet nicht, dass etwas zu mehr wird. Somit sind Lukas und ich ganz allein daran beteiligt."

„Schon, aber ich fühle mich etwas schuldig."

Mia schubste Lissi spaßig zur Seite. „Ach quatsch. Egal wie alles verläuft, letzten Endes müssen wir beide damit klarkommen."

„Und heute kommt Daniel zurück?"

„Er sagte bis Dienstag. Also normalerweise ja."

„Rufe ihn doch morgen mal an und frag ihn, wie es war."

„Und wenn es mich nicht interessiert?", versuchte sie spöttisch zu klingen.

„Frag ihn trotzdem und breche das Gespräch mittendrin ab, weil ich dich voller Hysterie herbeirufe."

„Was soll das denn bitte bringen?"

„Er soll einfach wissen, dass du auch noch ein Leben hast."

Lissi befand es nicht unbedingt für den besten Einfall, eher etwas Herbeigesagtes, doch sie hatte von Christoph einiges gehört. Daniel zeigte kaum noch Interesse an Mias Leben, hörte selten zu, warum sollte sie es dann tun.

„Ich werde es mir überlegen, aber ich denke nun, ich weiß, worauf du hinaus willst."

Die beiden hatten sich so in ihr Gespräch vertieft, dass sie schon über die Hälfte des Sees umrundet hatten. Mias Blick fiel auf eine Campinganlage und ein Schild weiter davor, zeigte auf, dass es am Kiosk Getränke und Essen To Go gab.

„Lissi, Lust auf eine kleine Vesperzeit, ehe wir wieder zum Auto laufen?" Mia zeigte auf das Reklameschild.

„Ja, wie cool ist das denn. Auf jeden Fall."

Lissi und Mia kramten ihre Masken heraus und zählten zusammen, wie viel Geld sie dabei hatten. Vor allem würde diese Pause nochmals etwas Zeit schinden. Ausgemacht war, dass sie frühestens um sechs Uhr am Abend wiederkommen sollten. Bis dahin sollte alles vorbereitet sein. Mia blickte auf die Uhr ihres Handys. Alles lief bestens.

„Sie kommen." Lukas sah das Auto in den Hof fahren. Er lief zu Christoph in den Garten und half ihm, die Fackeln anzuzünden.

„Bereit?", fragte er ihn.

„Ziemlich nervös, aber ja, ich bin bereit." Christoph konnte ein leichtes Händezittern nicht verbergen.

Lukas klopfte ihm auf die Schultern. „Alles wird bestens."

Die Haustür wurde von außen aufgeschlossen und Mia und Lissi kamen herein. Die Männer waren nicht zu sehen und deshalb ging Mia davon aus, sie waren beide draußen. Mia konnte nicht sicher sein, ob alles bereit war, doch zum Glück kam Lukas in Richtung des Flurs, begrüßte die beiden und nickte Mia heimlich zu. Es konnte also losgehen. Sie hielt Lissi an und bat sie kurz, auf sie zu warten. Lissi, die zwar verwundert dreinschaute, blieb im Hausflur stehen. Mia rannte hinauf in ihr Zimmer und holte einen schwarzen Schal. Sie rannte beinahe die Treppe wieder herunter und richtete sich an Lissi. „Da ist noch eine Kleinigkeit, die ich jetzt mit dir vorhabe."

Lissi blickte erneut fragwürdig, während sie ihre Jacke auszog und aufhängte. „Was hast du mit dem Schal vor?"

„Dir die Augen verbinden.", gab sie zur Antwort und tat es.

„Ich bin gerade ziemlich verwirrt."

„Das ist auch gut so." Mia band den Schal zu und ergriff Lissis Hand. „Vertrau mir und komm mit."

Lissi tat es, doch wusste in jenem Moment nicht, was mit ihr geschah. Sie lief mit Mia die Wohnküche hindurch. Mia ließ ihre Hand kurz los und öffnete die Tür zum Garten. Draußen sah es wunderschön aus.

„Ich nehme dir jetzt den Schal ab und dann bist du an der Reihe alleine weiterzugehen.", sagte sie geheimnisvoll.

„Okay.", gab sie sichtlich nervös zurück.

Einige Male mit den Augen geblinzelt, sah Lissi beeindruckt in den Garten hinaus. Sie vernahm die seichte Klaviermusik. Vor ihr zeigte sich ein von Fackeln gestalteter Weg, welcher mit Rosen verziert war. Am Ende des kleinen Gangs brannte das Lagerfeuer. Sie sah Lukas, kurz nachdem sie hinausgegangen war, an der Seite stehen, der sie anlächelte.

„Was ist denn hier nur los?"

Lukas demonstrierte Lissi ein nichtsahnendes Schulterzucken.

Hinter dem Lagerfeuer kam Christoph hervor. Er hielt eine rote Rose in der Hand. Krampfhaft versuchte er, nicht an seiner Brille herumzuspielen. Er ging langsam auf sie zu und auch Lissi kam näher. Mia stellte sich neben Lukas und beide fingen an zu beobachten.

„Christoph, Schatz, was ist das hier?" Ungewollt füllten sich ihre Augen mit Tränen. Die sonst so taffe Lissi zeigte wahre Gefühle.

„Hey.", begann Christoph leise. Er reichte ihr die Rose, die Lissi gerne entgegennahm und gab ihr einen sanften Kuss.

„Du bist die Frau meines Herzens und dies schon so viele Jahre lang. Jeden einzelnen Tag bin ich der glücklichste Mann, weil ich mit dir zusammen sein darf. Ein Leben ohne dich kann und will ich mir nicht mehr vorstellen. Du bist mein Leben und ich liebe dich über alles."

Lissi liefen Freudentränen über die Wangen. Als hätte sie schon eine Ewigkeit auf diesen Moment gewartet, begann sie zu lächeln und dribbelte auf den Füßen hin und her.

Christoph kniete sich vor sie, nahm eine kleine Schachtel aus seiner Hosentasche und öffnete diese vor ihr.

„Also Lissi, Liebe meines Lebens, möchte ich dich heute etwas fragen." Christoph atmete noch einmal tief ein und wieder aus. „Willst du mich heiraten?"

Lissi schrie förmlich. „Ja, ich will. Und wie ich das will."

Christoph, sichtlich erleichtert und von seiner inneren und äußeren Nervosität befreit, steckte seiner Liebsten den Silberring an, stand auf und fiel ihr in die Arme. Lissi nahm sein Gesicht in beide Hände und küsste ihn voller Innigkeit.

„Du machst mich gerade zum glücklichsten Mann der Welt."

„Ich liebe dich, Christoph. Jetzt und für immer."

„Und ich liebe dich, Lissi." Beide küssten sich ein weiteres Mal.

Lukas nahm die bereitgestellte Flasche Sekt, schüttelte sie kurz und ließ den Korken knallen. Mia nahm die Sektgläser und ließ diese von Lukas füllen. Die ersten zwei brachte sie den frisch Verlobten und Lukas brachte seines und das für Mia mit.

„Meinen Glückwunsch, ihr zwei." Mia breitete die Arme aus und umarmte erst Christoph und dann Lissi. Lukas ging erst zu Lissi, dann zu ihm.

„Ihr zwei, ich freue mich so für euch. Herzlichen Glückwunsch."

„Ihr habt mich so veräppelt.", rief Lissi halb springend. „Von wegen Mädelstag machen wollen."

„Hat doch alles wunderbar funktioniert.", lachte Mia.

„Ich bin gerade sowas von überglücklich. Ich könnte es in den Himmel schreien." Lissi küsste und küsste Christoph immer wieder.

„Und ich erst.", gab er zurück. Er kam aus dem Grinsen nicht mehr heraus. „Ich würde sagen, jetzt wird gefeiert."

Christoph, Lissi, Lukas und Mia erhoben die Gläser und stießen an.

Kapitel 15

Christoph und Lissi entschieden sich am nächsten Tag eine kleine Wanderung in Zweisamkeit zu unternehmen. Sie war noch immer ganz aus dem Häuschen und konnte ihr Glück der Verlobung kaum fassen. Lukas musste sich um einige Angelegenheiten bezüglich seines Unternehmens kümmern und Mia entschied sich, einen Kuchen zu backen, nachdem sich Lukas mit einem Kuss in die erste Etage verabschiedet hatte. Die Situation zwischen ihnen war mehr als schwierig. Auf der einen Seite verhielten sie sich in manchen Sachen, als wären sie bereits ein Paar. Würden zusammengehören. Auf der anderen Seite versuchten sie, so gut es ging, am Tage nicht allzu innig miteinander zu sein. Ihre Blicke zueinander, das Gefühl, wenn sie nah beieinanderstanden, schien eigentlich alles zu sagen. Sie wollten einander so sehr, doch versuchten, stets eine gewisse Distanz zu halten. Schliefen sie am Abend gemeinsam ein, dann versuchte Mia sich einzureden, sie würde bei einem guten Freund Schutz suchen. Nur um sich nicht eingestehen zu müssen, was sie hinter Daniels Rücken machte. Meist scheiterte dieser

Versuch, weil sie sich bei Lukas geborgen fühlte und seine Nähe so sehr genoss, dass es ihr im Herzen wehtat, nicht mehr intime Momente zuzulassen. Waren sie beide nur zwei Personen mit gebrochenem Herzen, die sich durch die Umstände, diesen Urlaub, in die Arme gefallen waren? Wäre ab dem kommenden Wochenende, wieder alles vergessen und vorbei?

Mia fragte sich, wie sie aus der Situation schlau werden sollte, fand jedoch keine für sie passende Antwort dazu. Daniel musste seit gestern wieder zu Hause sein und am heutigen Tage war er sicher wieder auf der Arbeit. Sie würde ihn am Abend anrufen, entschied Mia. Nicht das sie danach schrie, dies zu tun, aber sie hielt es, als seine Freundin, für ihre Pflicht. Vielleicht würde sie wirklich die irrsinnige Idee von Lissi annehmen und auch ihn einmal in seinem Gespräch unterbrechen. Daniel zeigen, dass er nicht der Mittelpunkt der Welt war. Nun aber schüttelte Mia ihre Gedanken beiseite und wollte sich um einen leckeren Kuchen kümmern, der mit einem Spruch für Christoph und Lissi verziert werden sollte. Sie durchforstete die Schränke nach Backutensilien und den benötigten Küchengeräten. Auf ihrem Handy ließ sie ihre Lieblingsplaylist erklingen, nahm sich die Ohrenstöpsel und steckte das Handy in die Tasche an ihrer Leggings. Kaum erreichten sie die ersten Klänge der Musik, ging es ihr wieder viel besser.

Lukas saß auf seinem Bett, die Beine ausgestreckt und den Laptop darauf ablegend. Er musste gestern feststellen, dass er einige E-Mails verpasst hatte, die nicht sehr unwichtig waren. Einige Lieferanten hatten mit Engpässen zu kämpfen und deshalb könnte es mit einigen Lebensmitteln problematisch werden. Ihm wurden erneute Hygienevorschriften geschickt, die alsbald umgesetzt werden mussten. Er leitete diese in die Whatsapp-Gruppe weiter und bat seine Mitarbeiter, ihm bis zum Wochenende Bilder zu schicken. Er schrieb auch, dass er am kommenden Sonntag am Frankfurter Standort vorbeikommen würde und im Laufe der nächsten Woche die weiteren sechs Foodtrucks besuchen würde. Womöglich war dies die beste Ablenkung nach diesem Urlaub. Sich um seine Arbeit kümmern und sich über seine Gefühle bewusst werden. Fiona schickte ihm meist drei Bilder pro Tag, auf denen sie sich im Bikini präsentierte. Sicher, sie war eine bildhübsche Frau, aber sie hatte ein Leben mit Glanz und Gloria vor Augen und wollte wie eine Königin behandelt werden. Einmal da hatte sich Lukas seinen Drei-Tage-Bart länger wachsen lassen. Er hatte sich eine Erkältung eingefangen und war zu erledigt, um diesen zu stutzen. Am darauffolgenden Wochenende waren sie zu einer Feier der Modebranche eingeladen und Fiona sagte ihm, dass er nur mitgehen darf, wenn er sich rasierte. Er würde aussehen wie Räuber Hotzenplotz und es fehlte nur noch die passende Kleidung. Sie mochte nicht blamiert werden. Anstatt ihr zu sagen, dass sie dann alleine gehen müsse, nahm sein Drei-Tage-Bart wieder Gestalt an und aus der zickigen Freundin wurde wieder eine handzahme Katze. Fiona zeigte sich auch selten bei ihm in ihrer Natürlichkeit. Einen Tag ohne Make-up war für sie unvorstellbar. Als er sie kennenlernte, dachte er sich, wow, was für eine Frau. Es machte ihn zunächst stolz, ein Model an seiner Seite zu haben. Irgendwann begann sie aber eine andere Seite zu zeigen. Sie wollte ihn verändern. Er sollte stets neben ihr glänzen. Bei jedem ihrer Freunde und Auftraggeber betonte sie, dass er ein Unternehmer war. Es wäre wohl eine Blamage gewesen, würde er lediglich in einem Foodtruck arbeiten. Dann kam der Seitensprung mit ihrem Trainer. Er hätte dies bereits als Wink sehen müssen. So vieles hatte er einfach hinuntergeschluckt und nun, nach allem

Geschehenem lernte er Mia kennen. Sie war wunderschön, ihre Art der Lebensfreude verzauberte ihn und die Tatsache, dass sie einfach nur ein glückliches und zufriedenes Leben führen wollte. Wenn sie in der Nacht bei ihm lag, in seinen Armen, dann sagte ihm sein Herz, er solle sie nie wieder loslassen. Er dürfte sie nicht gehen lassen. Nie mehr. Er fragte sich, was sie wohl gerade tun würde. Es kam ihm bereits wie eine Ewigkeit vor, hier oben auf seinem Zimmer zu sein. Er schrieb noch zwei E-Mails, führte ein Telefonat und klappte seinen Laptop zu, um die Arbeit vorerst ruhen zu lassen.

Lukas ging die Treppe hinunter und in Richtung Wohnbereich. Als er Mia hinter der Küchentheke sah, lehnte er sich an die Wand des Flurs und beobachtete sie mit einem Lächeln. Sie stand mit dem Rücken zu ihm und rührte Mehl in eine Schüssel. Sie schwang sich im Rhythmus nach rechts und links. Ab und an gab sie einige Textstellen zum Besten. Er konnte nicht heraushören, was es für ein Lied sein sollte, aber ihr dabei zuzusehen und zuzuhören, erwärmte sein Herz. Mia drehte, schwang sich voller Euphorie herum, um etwas von der Anrichte zu holen, da sah sie Lukas gemütlich und mit den

Armen in den Hosentaschen, an der Wand lehnend. Sie erschrak und presste ihre Lippen zusammen, als wäre es ihr peinlich so gesehen zu werden. Sie nahm einen Ohrenstöpsel heraus und blickte zu ihm.

„Stehst du schon lange da?", wollte sie wissen und lehnte sich an die Küchenzeile.

„Nein, keine zwei Minuten. Tut mir leid, aber ich konnte nicht anders als zusehen.", gab er zu und verzog seine Mundwinkel zu einem leichten Grinsen. Lukas ging auf sie zu. Er stellte sich vor sie. Mia lehnte sich noch immer an.

„Hast du deine Arbeit erledigt?", fragte sie, ihm tief in die Augen schauend. Ihr Herz begann schneller zu schlagen.

Lukas nickte nur bejahend und nahm den herabhängenden Ohrenstöpsel, um ihn sich ins Ohr zu tun. „Was hörst du da?"

„James Bay. Ich liebe seine Musik.", antwortete sie zaghaft. Lukas machte sie nervös.

Der Song wechselte und sein Titel „Peer Pressure" erklang.

„Mmh. Noch nie gehört."

„Nicht?!"

„Nein." Lukas strich seitlich über ihre Oberschenkel. „Ich habe dich vermisst.", flüsterte er ihr ins Ohr.

Mia überkam eine Gänsehaut, die auch für Lukas ersichtlich war. Sie griff mit einer Hand hinter seinen Kopf und in sein Haar hinein. Sie küsste ihn vorsichtig. Liebevoll erwiderte er ihren Kuss und schon bald wurde es leidenschaftlicher. Er wäre zu gerne seiner Fantasie nachgegangen. Er hätte Mia auf die Anrichte gehoben, ihren Hals geküsst. Er hätte sie ihres Tops entledigt, um sanft mit seinen Lippen ihren Oberkörper zu erforschen. Mia wollte es ihm gleichtun. Sie wollte ihm das T-Shirt über den Kopf hinüber ausziehen und mit ihren Fingerspitzen über seinen Rücken fahren. Sie wollte ihre Hände über seine Jeans hinweg, über seinen Po gleiten lassen. Was hatte dieser Mann nur an sich? Was hatte diese Frau nur an sich?

Lautes Gelächter erhellte den Flur. Christoph und Lissi waren zurück. Ruckartig entfernten sich Mia und Lukas voneinander. Lukas war froh darüber, im Moment eine Jeans statt Jogginghose anzuhaben.

„Wir sind wieder zurück. Na ihr zwei, was treibt ihr so?"

„Wir backen Kuchen für euch.", entgegnete Mia schneller atmend.

„Ich hatte vorher noch gearbeitet.", gab Lukas hinzu und zog sich sein T-Shirt zurecht. „Also ich wollte ihr jetzt helfen." Der Ohrenstöpsel fiel ihm ertappt aus dem Ohr.

„Wir wollten euch überraschen.", sagten Mia und Lukas im Chor.

Christoph und Lissi sahen sich an und konnten sich ein Grinsen nicht unterdrücken.

„Okay, alles klar.", sagten auch sie gemeinsam.

„Dann backt *ihr* mal weiter unseren Überraschungskuchen.", sagte Lissi betonend. „Christoph und ich verschwinden mal kurz in die Wanne."

Christoph nahm seine Lissi an die Hand und zog sie mit sich.

Lukas schloss sich Mia beim Backen an. Sie hielten es für die beste Ablenkung, um nicht nochmals in den Versuch zu kommen, übereinander herzufallen. Es fiel sehr schwer, aber sie gaben ihr Bestes. Während der Kuchen im Ofen backte, wuschen sie zusammen ab und hielten standhaft an belanglosen Themen fest. Nach einer guten Stunde war der gelungene Schoko-Chili-Kuchen fertig gebacken. Halbwegs ausgekühlt begannen sie mit einer bunten Glasur einen schönen Schriftzug zu konstruieren. Mit der Aufschrift *„Alles Liebe zur Verlobung"* war der Kuchen vollendet und konnte später gemeinsam bei einer Tasse Kaffee angeschnitten werden.

Bei Kaffee und Kuchen, der wirklich sehr lecker schmeckte, wie alle betonten, erzählten Christoph und Lissi von ihrer Wanderung. Es war im Grunde genommen ein sehr langer Spaziergang entlang der Iller und ohne schwere Auf- und Abstiege. Sie sahen Eichhörnchen und beobachteten am Wasser sitzend einige Enten. Lissi hatte sich sogar schon mit Christoph über die Pläne für die Hochzeit unterhalten. Allem Anschein nach konnte sie es kaum erwarten. Lukas und Mia wurden bereits jetzt von den beiden als Trauzeugen ausgewählt und ihnen war es eine Ehre, diese Aufgabe anzunehmen. Sie würden die Trauung kleinhalten wollen, aber trotz allem hoffen, dass sich die schlechte Lage der Pandemie etwas legen würde. Sie wollten etwas ausgiebiger feiern, denn das lag ihnen schließlich im Blut.

Am Abend entschuldigte sich Mia und ging auf ihr Zimmer, um zu versuchen, Daniel zu erreichen. Sie setzte sich seitlich aufs Bett und wählte seine Nummer. Nach dreimal klingeln ging er auch schon ran.
„Hey, Schatz, was gibt es?", begrüßte er kurz und schien sie beinahe schon wieder zum Auflegen zu zwingen.

Muss eine Freundin ein Anliegen haben, um ihren Freund nach fünf Tagen anzurufen?

„Hey, ich wollte mich einfach mal wieder melden. Wie war die Schulung?", fragte sie ihn, ohne weiter auf das plumpe Herangehen einzugehen.

„Sie war schon ziemlich anstrengend. Für den Kopf zumindest. Man ist es gar nicht mehr gewohnt die Schulbank zu drücken. Tut mir leid, ich hätte dir gestern Bescheid geben sollen, dass ich wieder da bin."

„Alles okay.", antwortete sie monoton. Sie wollte Lissis Vorschlag nicht realistisch durchführen, aber dachte an etwas anderes von ihrem gemeinsamen Gespräch.

„Warum war die Schulung eigentlich an einem Wochenende?"

Daniel musste keine lange Pause einlegen, um ihr zu antworten. Somit musste es also wirklich so gewesen sein.

„Die Schulung ging von dem Chef unserer Firma aus und da wir die Woche über arbeiten, hat er es auf das Wochenende gelegt und sozusagen noch den Montag und Dienstag mitgenommen."

„Achso. Und heute warst du schon wieder arbeiten?"

„Aber sicher doch. Von nichts kommt nichts."
Seine Antwort klang schon beinahe vorwurfsvoll.

„Na ja, wichtig ist, dass dich die Schulung weitergebracht hat."

„Auf jeden Fall. Es wird wohl noch eine geben, inklusive einer kleinen Prüfung. Übernächste Woche bekomme ich Bescheid, ob ich die Stelle bekomme."

„Schon aufgeregt?", fragte sie weiter im Stil von Smalltalk.

„Und wie, aber mein Chef meinte, ich müsste mir eigentlich keinerlei Gedanken machen.", antwortete er voller Selbstsicherheit.

„Du hast ja auch alles dafür getan."

„Das sehe ich auch so."

„Es gibt eine Neuigkeit zu verkünden."

„Welche denn?"

„Christoph hat Lissi gestern einen Antrag gemacht. Sie hat natürlich ja gesagt. Ist das nicht schön?" Mia besaß ein Lächeln in der Stimme, als sie an den gestrigen Abend und die wundervolle Kulisse dachte.

„Oh, ab ins Fegefeuer.", feixte er. „Nein, Spaß. Richte ihnen meinen Glückwunsch aus."

„Ich muss dir unbedingt erzählen, wie schön er alles hergerichtet hat. Es gab einen Weg,..." Mia wurde unterbrochen.

„Oh Schatz, sorry, aber bei mir köchelt das Wasser und das Öl in der Pfanne ist heiß. Ich mach mir gerade mein Abendessen."

„Du kannst mich doch auf laut stellen.", forderte sie ihn auf.

„Du kommst doch am Sonntag, dann nehme ich mir alle Zeit. Versprochen."

„Ich komme am Samstag." Mia wurde pampig, aber Daniel schien das wenig zu beeindrucken. Sie hatte es ihm vor einigen Tagen in einer Mail angekündigt.

„Na da haben wir ja gemeinsam den Samstagabend, ganz ohne Stress."

„Ja.", gab sie kurz zurück.

„Wir schreiben bis dahin aber, okay?"

„Können wir machen. Dann lass es dir schmecken." Mia versuchte, ruhig zu bleiben. In ihrem Inneren brodelte es.

„Super, dann euch dreien noch viel Spaß."

Dass sie eigentlich zu viert losgefahren sind, schien er vergessen zu haben. Mia sagte aber nichts mehr dazu, verabschiedete sich und legte auf.

„Arschloch.", schrie sie, so dass es sogar Christoph, Lukas und Lissi hören konnten. Mia warf ihr Handy aufs Bett, zog sich eine dickere Strickjacke über und lief die Treppe herunter. Sie ging nicht zu den anderen, sondern ließ die

Haustür mit einem derben Knall hinter sich zufallen.

Die drei schauten einander an und Lukas wollte sich erheben. Christoph sah ihn an und schüttelte seinen Kopf.

„Ich denke, ich sollte lieber mal zu ihr gehen."

„Okay, dann lass ich dir natürlich den Vortritt.", entgegnete Lukas mit Verständnis.

Kapitel 16

Mia konnte einfach nicht mehr. Sie wollte schreien, wie letztes Mal im Wald, doch hielt sich zurück. Die Tränen übermannten sie und sie begann heftig zu weinen. Christoph kam heraus und nahm sie in seine Arme. Er streichelte sie sanft über den Rücken und konnte ihren zitternden Körper spüren.

„Warum mach ich mir eigentlich die Mühe? Warum versuche ich, stets zu wollen, dass alles besser wird?"

„Mia, ich kann nicht länger mit ansehen, wie sehr er dich kaputtmacht. Was war denn heute schon wieder los?"

„Alles wie eh und je. Wenn es um ihn geht, hat er Zeit und meine Sachen können warten. Er denkt, wir sind zu dritt hier und ich würde ja erst Sonntag kommen. Bin ich es einfach nicht wert?" Mia schluchzte in Christophs Armen und verfiel ungewollt in die Opferrolle.

Christoph nahm ihr Gesicht fest in seine Hände und schaute sie intensiv an. „So etwas möchte ich erst gar nicht hören, ist das klar. Du bist eine tolle Frau und jeder würde froh darüber sein, jemanden wie dich an seiner Seite zu haben. Ich habe es satt, dass du dich für jemanden verstellst, der dich gar nicht zu schätzen weiß. Daniel ist ein, wie du gerade geschrien hast, Arschloch."

„Ihr habt das gehört?" Mia zog die Mundwinkel nach unten und schmollte.

Christoph lachte. „Oh ja, das haben wir."

„Ups.", sagte sie nur leise und lachte leicht auf.

„Du musst dir endlich bewusst darüber werden, was für dich das Beste ist und ich denke mir, dass du das schon lange weißt. Sag, was du denkst und vor allem, was du willst, Mia. Du hast nur ein Leben und in diesem möchtest du doch glücklich sein."

„Ich weiß, du hast vollkommen recht." Mia wurde etwas ruhiger.

„Ich weiß, das ich recht habe." Er zwinkerte ihr durch die Brille hindurch zu.

„Geh du wieder rein, ja. Ich gehe nur mal kurz ins Bad und komme dann auch runter."

„Ist okay. Ich werde den anderen zu verstehen geben, dass sie keine Fragen stellen sollen."

„Du bist der beste Freund, den ich mir nur denken kann." Mia gab ihm einen Kuss auf die Wange.

Den restlichen Abend verbrachten sie entspannt bei einem Kartenspiel, bis alle heute früher ins Bett gehen wollten. Am morgigen Tag wollten sie eine letzte gemeinsame Wanderung in Angriff nehmen. Ziel war es, auf den Besler zu gehen und dafür wollten sie ein wenig Kraft tanken. Es sollte frühzeitig losgehen. Lukas spürte im Bett, dass Mia kaum schlief und tief in Gedanken war. Er sagte nichts, sondern legte sich dicht von hinten an sie. Sie nahm seinen Arm, um diesen über sie zu legen. Fest drückte Mia ihn an sich.

Mia hielt sich stets die Nase zu und machte einen Druckausgleich, als sie den Riedbergpass hinauf fuhren. Es ging kurvig und steiler voran. Am Parkplatz standen mehr Autos als gedacht, aber alle schienen sie in Richtung Riedberger Horn zu gehen, denn ihre Wanderstrecke auf der gegenüberliegenden Seite war so gut wie leer. Der Weg begann gemütlich, fast schon entspannend. An einer Hütte angekommen blieben sie kurz stehen. Lissi zeigte voller Vorfreude nach oben.

„So, auf geht es, würde ich mal sagen."

„Wir müssen da hoch?", fragte Mia seufzend, da sie definitiv keine Bergwanderin aus Leidenschaft war.

„Genau da hoch.", feixte Christoph. „Nicht weiter drüber nachdenken. Es gibt weitaus schlimmere Berge. Glaub mir."

„Ich tue es ja. Habe ja nur gefragt.", erwiderte sie neckisch. Ihre Laune war im Gegensatz zum gestrigen Abend wieder viel besser.

Die Strecke wurde steiniger und steiler. Sie mussten einiges Geäst überwinden und die ausgelassenen Abende schienen ihre Spuren hinterlassen zu haben. Selbst Lissi, die bei so einer Tour kaum zurückzuhalten war, musste mit ihrer Kondition kämpfen. Alle atmeten bei den letzten Höhenmetern schwerer und waren froh, als es langsam wieder ebener wurde. Sie kamen am ersten Gipfelkreuz an und wollten sich an dessen Spitze setzen. Ein vielleicht knapp zehn Meter langer und schmaler Weg führte dorthin. Der Weg war zwar kurz, aber an den Seiten ging es tief nach unten. Ein kleines Drahtseil war hinüber gespannt und Mia wollte sich daran festhalten. Es wackelte wie verrückt und schien seinen Zweck nicht mehr ganz und gar zu erfüllen.

„Ich glaube, dass ich das lieber mal lasse.", merkte sie an.

„Wir machen es anders." Christoph lief ohne Probleme herüber und streckte seine Hand zu Lissi aus, um ihr zu helfen. „Und jetzt ihr, oder hast du Schiss, Lukas?", witzelte er.

„Sehe ich so aus. Schließlich muss ich meinen Mann stehen."

Er ging bis zur Mitte, tat kurz so, als würde er die Aussicht genießen und reichte Mia die Hand.

Sie zögerte. „Wenn ich falle? Es ist so tief." Sie dribbelte mit den Füßen. Sie musste zugeben, ein kleiner Angsthase zu sein, und diese kleine Hürde kostete sie viel Überwindung.

„Es ist echt super hier drüben.", sagte Lissi. „Du schaffst das."

„Gib mir deine Hand, ich halte dich schon. Vertrau mir." Lukas sah ihre Nervosität. „Ich kann dich auch über die Schulter werfen und hinübertragen.", machte er den Spaß.

„Nein, dann lieber die Hand." Mia ergriff sie und setzte vorsichtig einen Fuß vor den anderen.

Wenige Sekunden später hatte sie es geschafft.

Die vier Freunde hatten jetzt nicht übermäßig viel Platz auf dieser kleinen Stelle. Es musste also näher zusammengerückt werden, um zu vespern. Der Ausblick war sehr schön. Die Berge, die Wiesen und Wälder und das Treiben auf dem Pass. Hier oben schienen jegliche Probleme an Gewicht zu verlieren. Christoph verteilte die belegten Brote und reichte jedem eine Flasche Bier. Nun waren sie wieder bereit, sich doch eines zu gönnen.

„Wahnsinn, es ist wirklich schon wieder Donnerstag. Wie schnell knapp zwei Wochen um sein können." Lissi seufzte und biss in ihr Brot.

Mia konnte es daraufhin nicht lassen, einen kurzen Blick zu Lukas zu werfen. Er schaute sie bereits mit wehmütigen Augen an.

„Aber kommt schon, es war echt eine super Zeit, oder?", wollte Christoph wissen. Alle waren sich einig. Es war eine perfekte Zeit gewesen. In diesen Tagen kam wirklich alles zusammen, aber eines war jedem bewusst. Ihre Freundschaft zueinander wurde in diesem gemeinsamen Urlaub gefestigt.

„Bleibt Clint eigentlich noch hier?" Mia öffnete den Bügelverschluss ihrer Flasche.

„Nein, wir sind ja oft im Mailkontakt. Victor bringt ihn morgen hier vorbei und bleibt nochmals über Nacht. So können wir uns einen perfekten Abschlussabend bereiten."

„Das klingt sehr gut.", äußerte sich Lukas. „Aber diesmal bitte ohne Brownies, ja, Lissi?"

„Ich hätte gar nicht daran gedacht.", antwortete sie voller Ironie.

„Das ist mir schon klar." Er lachte sie breit an.

„Nein, schließlich müssen wir am nächsten Tag fit sein.", gab sie zu.

Mia packte ihr Brot aus. „Was wollen wir heute eigentlich noch machen?"

„Na ja, ich nehme mal an, wenn wir alles in Ruhe angehen lassen, dann sind wir zum frühen Nachmittag wieder zu Hause", begann Lissi. Sie hatte einfach gerne das Wort, wenn es um Planungen ging. „Wir könnten hundert Prozent geben und uns noch ein Lagerfeuer machen oder aber, wir verschieben das auf morgen und genießen heute noch einmal einen Couchabend bei einem guten Film?" Die Brauen nach oben gezogen, wartete sie auf Reaktionen. Jeder schien zu überlegen. Am Ende einigten sie sich auf den Film und die Couch.

„Lukas, du könntest uns doch wieder etwas Leckeres kochen.", fragte Christoph.

„Das könnte ich. Gibt denn der Kühlschrank noch genug her?"

Lissi sah in neckisch an. „Ein wahrer Meisterkoch, der kann doch aus allem ein Vier-Sterne-Essen zubereiten."

„Ich nehme die Herausforderung an."

Nach ihrer Pause liefen sie noch weiter zum höher gelegenen Gipfelkreuz, genossen dort für einige Minuten die Aussicht und schließlich machten sie sich wieder auf den Rückweg. Auf dem Weg hinunter durch den Wald, rutschte Lukas diesmal aus und Mia reichte ihm lachend die Hand. Sie sagte ihm, dass sie froh sei, dass sie nicht wieder diejenige war, die sich auf den Hintern gesetzt hatte. Eine halbe Stunde später waren sie auch schon wieder am Auto und machten sich auf den Heimweg. Zuhause ging einer nach dem anderen Duschen und ruhte sich danach etwas aus.

Lukas hatte bei der Herfahrt eine Bank in der Nähe des Hauses entdeckt, die an einem kleinen Waldstück stand, welches wiederum einen weiteren Wanderweg aufzeigte. Er bat Mia, mit ihm zu kommen, um mit ihr das Gespräch zu suchen. Übermorgen würden sie alle die Heimreise antreten und Lukas und Mia mussten miteinander reden, solange ihnen noch etwas Zeit blieb. Sie liefen gemeinsam über die Wiese und setzten sich auf die Bank. Lukas lehnte sich nach hinten, die Hände in den Jackentaschen vergraben. Mia legte ihre Arme auf die Oberschenkel und spielte nervös mit ihren Fingern herum. Es war zu spüren, dass es ein ernsthafteres Gespräch werden würde. Mia wollte darauf warten, dass Lukas begann. Er hatte mit ihr sprechen wollen, auch wenn sie selbst wusste, dass es sein musste.

„Wir haben da ganz schön was in Gang gebracht, oder?", begann er, auch wenn das eher ein schlechter Anfang für das Gespräch war, wie er befand.

„Ja, hier sitzen wir nun." Mia konnte nicht aufsehen, sondern schweifte mit ihrem Blick in die Landschaft.

„Ich weiß nicht, Mia, wie oder was ich am besten sagen soll. Ich meine, die Frage, die im Raum steht, die kennen wir wohl beide."

„Wie es nun weitergehen soll?", fragte sie mit gesenkter Stimme.

„Ja. Wir haben unsere Partner hintergangen, weil wir beide nicht sonderlich glücklich in unseren Beziehungen sind. Ich hätte nie gedacht, dass ich zu so etwas fähig bin." Lukas fuhr mit der Hand durch seine Haare.

„Glaub mir, das hätte ich von mir auch nicht gedacht." Mia lehnte sich nun auch nach hinten. Nun begann sie an ihrer Jacke herumzuspielen.

„Was wirst du machen, wenn du wieder bei Daniel bist? Wirst du es ihm erzählen und darauf warten, wie er reagiert?"

Mia biss sich auf die Lippe. „Ehrlicherweise sollte ich es ihm sagen, aber ich weiß nicht, ob ich es tun möchte."

„Warum nicht?"

„Vielleicht habe ich Angst davor. Was ist mit Fiona? Wirst du es ihr erzählen?", wollte sie wissen.

„Ich weiß, wie es ist belogen zu werden. Ich sollte nicht auf das gleiche Niveau sinken."

Beide hatten das Gefühl, dass ihr Gespräch ein sinnloses Hin und Her war. Sie wussten, was sie wollten, doch keiner sprach es aus.

„Okay, ich frag jetzt ganz ehrlich, Lukas. War das hier für dich einfach nur aus den Umständen heraus geschehen?", warf Mia direkt ein.

Lukas legte seine Hand auf die Ihre. Es fühlte sich so vertraut an.

„Nein, das ist es nicht. Ich hätte dich hier kennenlernen können und nichts wäre passiert. Ich hätte der treue Partner bleiben können, der ich war. Doch du hattest mich nach nur wenigen Tagen in deinen Bann gezogen. Es hat sich alles richtig angefühlt und das tut es noch immer."

Mia richtete sich zu ihm, Tränen standen ihr in den Augen. Lukas legte seine Hand auf ihre Wange. „Hey, ich weiß, dass hier ist alles mehr als kompliziert. Wir haben Mist gebaut und ich denke, wir müssen nun damit zurechtkommen uns über unsere Gefühle im Klaren zu werden. Wir müssen unseren Partnern Klarheit verschaffen."

Das war Mias größtes Problem. Ihre Angst zu überwinden und Daniel alles zu sagen. Hätte sie sich von ihm getrennt, als sie wusste, es würde nichts bringen, dann wäre das Eines gewesen. Nun aber, musste sie ihm gestehen, ihn hintergangen zu haben. Tränen rannen ihre Wangen hinunter.

„Nein, wein jetzt nicht, bitte." Lukas wischte ihr eine Träne weg.

„Du hast mit allem, was du sagst, recht.",
schluchzte sie. Sie versuchte Fassung zu
bewahren. „Ich bin so unendlich glücklich, wenn
du da bist und ich mit dir zusammen sein kann.
Dabei kenne ich dich keine zwei Wochen."

„Mir geht es doch genauso. Der Alltag holt uns
nur leider bald wieder ein und deshalb war mir
das Gespräch zwischen uns sehr wichtig. Wir
müssen uns entscheiden.", sagte er voller Ernst.

„Du musst mit Fiona und ich mit Daniel
sprechen.", äußerte sie sich trübsinnig.

Lukas nickte zustimmend. Mia legte ihre Hand
auf seinen Oberschenkel. „Ich möchte einfach
nicht, dass das hier ein Ende hat."

„Nur weil es hier endet, bedeutet das nicht, dass
es mit uns enden muss." Lukas zog Mia dichter
an sich heran. Sie küssten sich liebevoll und
voller Zärtlichkeit. Sie würden mit vielen
Unklarheiten zurückfahren. Unklarheiten, die es
zu klären und zu bewältigen gab. Binnen
kürzester Zeit hatten sie starke Gefühle
füreinander entwickelt. Das Verlangen
nacheinander war kaum auszuhalten und an den
baldigen Abschied wollte keiner der beiden
denken. Zu sehr brach es ihnen das Herz.

Kapitel 17

Nach dem Gespräch, welches nicht vollends zu einem klärenden Ende geführt hatte, begann Lukas für die anderen zu kochen. Seine Gedanken kreisten um das, was wohl kommen würde. Beim Essen versuchten sich, Lukas und Mia nichts anmerken zu lassen und auch nicht, als alle vier auf der Couch saßen und bei einer Flasche Wein einen Film anschauten. Wie konnte etwas so Schönes, so derart schmerzen? Mia war mit ihren Gedanken kaum bei dem laufenden Thriller im Fernseher. Sie dachte an den Mann, der neben ihr saß und ihren Arm streichelte. Sie dachte daran, dass Lukas und sie bereits einen großen Fehler gemacht hatten, deshalb wäre es doch nun auch gleichgültig, würde mehr zwischen ihnen geschehen. Als Lukas am gestrigen Tag zu ihr in die Küche kam, konnten sie nicht voneinander loslassen. Was wäre wohl geschehen, wären Christoph und Lissi nicht hereingekommen? Hätten sie sich beide ein zweites Mal zurückhalten können? Mia wollte all das nicht mehr. Sie wollte ihre Lust nicht weiter unterdrücken. Sie wollte Lukas. Seinen Körper an ihrem fühlen. Ihn in sich spüren. Beim

Gedanken daran kribbelte es in ihrem Bauch und ein wohlwollendes Gefühl stieg in ihr auf.

Ja, es wäre falsch, dachte sich Lukas, neben Mia sitzend. Wie sehr sehnte er sich nach ihrer Nähe. Er hätte sie am liebsten ununterbrochen geküsst. Ihre weichen Lippen auf seinen gespürt. Auch er dachte an den Moment im Schlafzimmer, in dem er ihre Hände fest ergriff, um nicht auf falsche Gedanken zu kommen. Ihr zärtlicher und inniger Moment in der Küche, in dem Christoph und Lissi dabei verhalfen, dass sie nicht weiter machten. Es waren nur noch zwei Nächte und er wusste, was er wollte, doch konnte er dies tun? Würde Mia am Ende von ihm denken, dass er es nur darauf abgesehen hatte? Dem war nicht so, das hätte er ihr versichern können. Er wollte weitaus mehr von ihr. Mia machte ihn verrückt und dies, auf eine atemberaubende Weise. Er wollte sein Glück offen zeigen können, nur leider war dies derzeit nicht möglich. Lukas wollte so sehr, dass sich dies änderte.

Nach dem Film beschlossen alle ins Bett zu gehen. Der Bergaufstieg ließ Müdigkeit aufkommen, vor allem bei Christoph. Mia ging zuletzt ins Bad, um sich ihre Zähne zu putzen. Bevor sie zu Lukas ins Zimmer ging, blickte sie noch einmal in den Spiegel. Sie lockerte ihr Haar und strich ihr Top glatt. Sie atmete ein und aus und wiederholte dies. Sie hatte für sich beschlossen, alles auf eine Karte zu setzen. Den Schritt zu wagen, der letztendlich alles verändern würde. Ihr Herz raste vor Aufregung und doch hatte sie Schmetterlinge im Bauch. Als sie in das Zimmer kam, blickte Lukas aus dem Fenster. Nachdem er sie gehört hatte, drehte er sich zu ihr um. Er trug dunkle Boxershorts und ein weißes Shirt. So gut sah er aus. Sie konnte ihm einfach nicht länger widerstehen.

Sie ging in die Mitte des Raumes und nur noch wenige Schritte trennten sie voneinander. Mia sagte nichts, schaute ihn nur mit wehmütigen wie entschlossenen Blick an. Lukas bekam eine leicht fragwürdige Mimik. Dass sie nichts sagte, machte ihn sehr stutzig.

Mia nahm ihr Top in beide Hände und zog es sich langsam aus. Lukas wusste nicht, wie ihm geschah. Sein Blick streifte über ihren, nur noch mit einem schwarzen BH bekleideten Oberkörper. Ihre Brüste wölbten sich dezent aus diesem hervor. Als Nächstes zog sie sich zaghaft ihre Hotpants aus. Sie fielen ihr über ihre Beine, nach unten auf den Boden herab. Lukas konnte seine Augen nicht von ihr lassen. In Dessous vor ihm stehend und sichtlich nervös, schaute sie eindringlich zu ihm.

„Ich kann das nicht länger.", sagte sie fast flüsternd und er wusste sofort, was sie damit meinte. Schließlich ging es ihm nicht anders.

„Mia.", sagte er liebevoll ihren Namen. Sie kam näher auf ihn zu und fuhr mit ihren Händen unter sein Shirt. Wie lange schon, hatte sie sich gewünscht, dass aus ihrer anhaltenden Fantasie endlich Realität wurde. Über den Kopf hinüber, wurde auch er von ihr, seinem Oberteil entledigt. Mit ihren Fingerspitzen fuhr sie auf seinem muskulösen Bauch entlang. Sie küsste seine Brust und ihre Lippen bahnten sich ihren Weg hinauf zu seinem Hals. Lukas streichelte Mia ihren Rücken hinunter über ihren Po, der durch den String seine Natürlichkeit preisgab. Sie genossen diese intime Zärtlichkeit in vollen Zügen. Er legte seinen Zeigefinger unter ihr Kinn und forderte sie damit auf, ihn anzusehen. Er beugte sich für einen Kuss zu ihr. Vorsichtig öffnete er ihr dabei den Verschluss ihres BHs und zog ihn ihr aus. Mia ließ sich auf das Bett sinken. Lukas begann ihren Bauch zu küssen, um von dort aus hinauf zu ihren Brüsten zu gelangen. Mit seiner Zunge kreiste er über ihre Brustwarzen. Mia wölbte ihren Rücken, bei diesem schönen Gefühl. Sie benötigten keinerlei Worte, sondern genossen den lang ersehnten Moment zwischen einander. Er richtete sich zu ihr, um sie zu küssen. Mia konnte seinen erregten Penis spüren. Sie fuhr mit den Händen in seine Shorts und ergriff seinen Po. Lukas führte seine Hand unter ihren Slip und begann Mia zu liebkosen. Sie stöhnte lustvoll auf. Sie zog ihm seine Shorts von den Hüften. Lukas richtete sich auf, streifte sie vollends ab und entledigte Mia ihres Slips. Da waren sie nun, beide nackt und sich sicher, sich nicht weiter zurückzuhalten. Lukas begann Mia am Oberschenkel zu küssen und wanderte zu ihrer intimsten Stelle. Mia atmete laut und griff mit ihren Händen in die Bettdecke. Sie musste sich beherrschen nicht zum Höhepunkt zu kommen. So stark war das Verlangen die letzten Tage nach Lukas gewesen.

Sie nahm seinen Kopf in die Hände und forderte ihn somit auf, sein Vorspiel zu beenden. Er kam nach oben und schaute ihr tief in die Augen. Behutsam drang er in sie ein. Sie küssten sich voller Leidenschaft, als sie in einem harmonischen Rhythmus miteinander schliefen. Lukas stimulierte während des Akts weiter Mias Klitoris. Sie verschmolzen förmlich miteinander. Alles um sie herum war nichtig und sie fühlten sich frei und lebendig.

Mia kam zum Orgasmus. Lukas ergriff ihre Hände und streckte sie nach oben hin aus. Ihr pochender Unterleib stimulierte ihn noch mehr und auch er erreichte seinen Höhepunkt. Sie schauten einander an, atmeten voller Lust und lächelten glücklich.

Kapitel 18

Lukas und Mia waren am nächsten Morgen die Ersten und deckten den Tisch. Beide trugen ein Lächeln auf ihren Gesichtern und konnten kaum aneinander vorbeigehen, ohne den anderen kurz zu berühren. Lissi stieß etwas später mit Christoph zu ihnen.

„Guten Morgen, ihr zwei. Na, habt ihr gut geschlafen?!" Ihre überschwängliche Tonlage machte Lukas und Mia just klar, dass sie in der gestrigen Nacht gehört wurden. Mia juckte sich verlegen am Genick. „Guten Morgen."

„Ist der Kaffee schon fertig?", fragte Christoph ablenkend, musste aber dennoch grinsen.

„Setzt euch alle hin. Ich bringe ihn an den Tisch.", antwortete Lukas und schüttelte belustigt den Kopf. Er kam mit der Kaffeekanne an den Tisch, setzte sich und schenkte allen ein.

Lissi konnte es nicht lassen, ständig einen Blick auf Lukas oder Mia zu werfen. Ja, die Zweisamkeit war nicht zu überhören gewesen. Sie hatte Christoph im Bett liegend angestupst und fragte ihn, was denn da im anderen Zimmer los war. Im Nachhinein hatte sie sich nicht sehr darüber gewundert. Lukas und Mia versuchten zwar stets, Distanz zu bewahren, doch jeder

Einzelne sah ihnen ihre gegenseitige Anziehungskraft an. Sie hoffte inständig, sicherlich auch Christoph, dass sich die beiden hier nicht das letzte Mal sehen würden. Was als kleiner ausgeklügelter Plan angespornt worden war, nahm in der letzten Woche seinen ganz eigenen Lauf. Mit dieser entstandenen Verbindung hatten Christoph sowie sie, nichts mehr zu tun.

„Heute heißt es wohl Sachen packen.", gab Christoph von sich. Alle zogen traurig die Mundwinkel nach unten.

Mia wollte jetzt nicht an den Abschied denken, der Lukas und ihr bevorstand und versuchte, neutral zu bleiben. „Ich möchte euch beiden auf jeden Fall nochmals von ganzem Herzen dafür danken, dass ihr mich hierher eingeladen habt. Das Haus und die Umgebung ist der Hammer und die Zeit war einfach super.", bedankte sie sich bei ihren Freunden.

„Nichts zu danken.", entgegnete Christoph, ehe Lissi einen Kommentar über sie und Lukas hätte abgeben können, der ihr schon auf der Zunge zu liegen schien.

„Auch ich möchte mich bei euch bedanken, so als Spontangast.", äußerte er sich.

„Na ja, so ganz spontan war es ja nicht. Du hattest dich nur umentschieden.", gab Lissi zur

Antwort. „Wir haben uns sehr gefreut, dass ihr mit dabei wart."

„Da gebe ich Lissi vollkommen recht.", gab Christoph ehrlich zu.

Sie aßen noch in Ruhe ihr Frühstück fertig und ließen einige Tage Revue passieren und brachen oftmals in Gelächter aus. Auch dieser Urlaub musste dem Ende zugehen und deshalb begannen alle am Vormittag ihre Sachen zusammenzupacken. Lukas musste morgen schon am Vormittag losfahren. Lissi, Christoph, Mia und Clint konnten alles etwas ruhiger angehen lassen. Sie dachten an die Mittagszeit.

Clint und Victor kamen schon zum frühen Nachmittag an. Nicht erst am Abend. Deshalb gab es ein gemeinsames Kaffeetrinken. Die zwei sahen heute besonders glücklich aus. An diesem Tage schienen das wirklich alle zu sein. Lissi, die natürlich einen Sensor dafür hatte, fragte deutlich, während sie sich ein Stück Kuchen in den Mund schob.

„Habt ihr uns irgendetwas zu sagen?"

„Ja, das haben wir." Clint himmelte Victor beinahe an. Dieser strahlte über beide Wangen. Clint strich ihm über den Arm, als er fortfuhr.

„Nicht nur ihr, sondern vor allem Victor, habt mir den Mut gegeben, mich als den Menschen zu zeigen, der ich wirklich bin. Dafür möchte ich euch vorerst danken.", begann er. „Ich werde morgen zwar wieder mit euch zurückfahren, aber lediglich um meine Angelegenheiten zu klären."

„Wie meinst du das?", wollte Mia wissen.

„Ich werde hierher zu Victor ziehen." Clint lächelte überglücklich. Victor strahlte und gab ihm einen Kuss. Für ihn war es schon lange nicht mehr nur eine Liebelei, er wollte mehr. Clint konnte von zu Hause aus in seinem alten Beruf weiterarbeiten und deshalb sollte Victor hier nichts für ihn aufgeben. Sie würden sehen, was die Zeit bringt und wohin es sie vielleicht noch verschlagen würde.

„Ich freue mich so sehr für euch.", rief Lissi und auch Lukas, Mia und Christoph äußerten sich freudig.

„Was war hier eigentlich so los?", wollte Clint nun wissen.

Christoph nahm Lissis linke Hand und zeigte sie nach oben. Lissi begann zu kichern. Es dauerte einen kurzen Moment, bis Clint und Victor den Ring wahrnahmen. Clint sprang auf. „Nicht euer Ernst, das ist ja herrlich." Er lief zu ihnen und umarmte sie.

„Herzlichen Glückwunsch, ihr zwei.", sagte Victor etwas schüchtern, auch wenn er schon zur Truppe dazugehörte.

„Vielen Dank.", bedankte sich Lissi. „Christoph hatte sich so viel Mühe gegeben. Es gab einen Weg aus Fackeln, Rosenblätter und ein Lagerfeuer. Ich bekomme jetzt noch Gänsehaut, wenn ich daran denke." Lissi rieb sich demonstrativ die Arme.

„Und ich bin nun der glücklichste Mensch auf der Welt.", grinste Christoph und zog Lissi an sich.

Mia dachte sich, dass dies ein wahrer Kurzurlaub der Gefühle war. Lukas sah sie dabei an, wie sie ihre Blicke zwischen den zwei Pärchen wechselte und Freude für sie ausstrahlte. Ungesehen nahm er unter dem Tisch ihre Hand.

Auch er war heute einer der glücklichsten Menschen. Nicht, weil Mia mit ihm geschlafen hatte, sondern weil er sich seit der gestrigen Nacht noch sicherer darin war, dass er Mia nie wieder missen wollte. Er hoffte nur, dass sie, sobald sie wieder zu Hause angekommen war, genauso dachte. Lukas nahm seinen Mut zusammen und war sich sicher, dass ihn niemanden von den Anwesenden hier verurteilen würde. Er strich Mia eine Strähne hinter das Haar und als sie ihn daraufhin anschaute, gab er ihr einen sanften Kuss. Alle blickten auf sie.

„Tut mir leid, aber ihr habt mich gerade einfach angesteckt.", lachte er. Daraufhin gab ihm Mia noch einen Kuss.

„Er hat vollkommen recht.", feixte sie.

Am heutigen Tag wollten alle ihre Fröhlichkeit behalten und keinerlei Trübsinn blasen. Sie wollten feiern. Das Leben, die Liebe und gute Freunde. Dies taten sie ausgelassen mit einem guten Essen, Musik, Tanz und mit einigen gut gefüllten Gläsern. Der nächste Tag schien in weiter Ferne zu liegen.

Kapitel 19

Der nächste Tag jedoch war nicht fern genug. Für Lukas nahte der Abschied. Letzte Nacht schliefen Mia und Lukas eng aneinandergeschmiegt ein. Keiner wollte ein Wort darüber verlieren, was der nächste Morgen bringt. Nun aber war es so weit. Lukas brachte nach dem gemeinsamen Frühstück seine Sachen ins Auto und begann, sich allmählich von allen zu verabschieden. Bei Lissi und Christoph war es natürlich kein zu großer Abschied. Schließlich sahen sie sich oft genug. Clint und Victor, die er erst hier so richtig kennen gelernt hatte, luden ihn schon jetzt ein, mal in Kempten vorbeizukommen, falls er auch hier einen Foodtruck aufstellen wollte. Er nahm das Angebot dankend an. Nach der Verabschiedung von den vieren nahm er Mia an die Hand. „Du kommst doch nochmal mit raus, oder?", fragte er unsicher. Er konnte in Mias Blick sehen, dass sie sehr traurig war. Sie nickte und ging mit ihm, nachdem er allen noch ein *Tschüss* entgegenrief.

Mia lehnte sich an sein Auto, als er seine Laptoptasche auf die Beifahrerseite stellte. Er schloss die Tür und ging zu ihr. Er griff sie an der Taille, sah ihr tief in die Augen und atmete schwer.

„Wir sehen uns wieder, ja!?", mutmaßte er halb fragend, halb sagend.

Mia nickte wieder. Sie hatte Angst, in Tränen auszubrechen, sobald sie ein Wort sagen würde. Ihre Augen waren bereits mit ihnen gefüllt. Sie legte ihre Hand an seine Wange und wendete ihren Blick nicht von ihm. Er spürte, wie sie zitterte.

„Es tut mir leid, aber ich kann nichts sagen.", verschluckte sie die Worte beinahe. Sie brach nun doch in Tränen aus und fiel ihm in die Arme. Er hielt sie fest an sich gedrückt und streichelte sie über ihren Rücken und über ihr Haar. Mias Herz schmerzte. Sie war nicht mehr im Stande dazu, klar zu denken. Der Abschied zerriss sie innerlich.

Nach einigen Minuten aus der Umarmung gelöst, küssten sie sich zärtlich zum Abschied. Wäre Lukas nach diesem nicht in sein Auto gestiegen, hätte er es nie geschafft. Mia schaute ihm nach, bis er nach der Kurve nicht mehr zu sehen war. Wie versteinert blieb sie stehen und es dauerte, bis sie sich in das Haus begab. Christoph stand im Flur und packte noch Kleinigkeiten in eine Tasche. Er sah ihre roten

Augen und nahm sie in seine Arme. „Glaub mir, es wird alles gut."

Mia entfernte sich und sagte ihm, mit einem schluchzten, dass sie im Zimmer schauen wollte, ob sie alles gepackt hatte. Sie ging nach oben und setzte sich auf die Bettkante. Sie vergrub ihr Gesicht in den Händen und weinte bitterlich.

„Wie geht es ihr?", wollte Lissi wissen, die die beiden in der Umarmung gesehen hatte.

„Nicht gut. Es war eigentlich nicht anders zu erwarten, oder?", gab er zur Antwort.

„Soll ich mal zu ihr gehen?"

„Ich denke, wir sollten sie ein wenig allein lassen."

„Vielleicht hast du recht. Schaust du mit mir im Garten nochmal nach dem Rechten?"

„Na klar, ich pack nur noch die Tasche hier fertig."

„Okay." Lissi gab ihm einen Kuss.

Auf der Rückfahrt wurde nicht allzu viel geredet. Es lag nicht daran, dass Mia traurig dreinschaute, sondern eher daran, dass mal wieder der gestrige Abend seine Spuren hinterlassen hatte. Clint, der mit Mia wieder auf der Rückbank saß, wurde bei ihrem Anblick das Herz schwer.

Er wusste nicht viel, aber auch ein Blinder hätte diese Aura vernommen. Er nahm ihre Hand und drückte diese fest. Er erhielt dafür von Mia ein dankbares, wenn auch zaghaftes Lächeln. Kurz, ehe sie nach Aschaffenburg hineinfuhren, schaute Mia in ihre Handykamera, um zu sehen, ob ihre Augen wieder halbwegs normal aussahen. An der Wohnung angekommen, stoppte Christoph das Auto. Mia verabschiedete sich von Lissi und Clint. Christoph stieg mit Mia aus. Er half ihr beim Ausladen der Taschen und stellte sie auf dem Asphalt ab.

„Soll ich dir noch helfen und sie mit hochbringen?"

„Nein, danke. Ich schaff das schon." Mia umarmte ihren Freund noch einmal. „Danke für alles. Wir hören uns."

„Das werden wir und du weißt, wir sind immer für dich da."

„Ja, das weiß ich." Sie lächelte ihn an.

„Dann bis dann."

„Bis dann, Christoph." Mia warf sich die drei Reisetaschen über und machte sich auf den Weg in die Wohnung.

Als Lukas am späten Mittag in sein Loft kam, war Fiona noch nicht da. Sie hatte einen Zettel hinterlegt, auf dem stand, dass sie heute Abend zurück sein würde. Lukas war erleichtert. Er stellte seine zwei Taschen in den Raum und legte seine Laptoptasche auf den Küchentresen. Er öffnete den Kühlschrank, der sichtlich leer war und nahm sich eine Flasche Wasser heraus. Er dehnte seinen Hals, der durch die Fahrt etwas steif geworden war. Das Wasser ins Glas gefüllt, nahm er es mit, um sich an den Esstisch zu setzen. Warum hat er nicht noch einmal umgedreht? Warum hat er Mia nicht noch ein weiteres Mal geküsst? Es schien, als würde sie zusammenbrechen. Wie würde es ihr wohl derzeit gehen? Urplötzlich kam ihm in den Sinn, dass sie nicht einmal Handynummern ausgetauscht hatten. Er musste sich Ablenkung verschaffen und in weniger als einer Stunde hatte er eine wichtige Skype-Telefonie mit einem Start-up-Unternehmen, welches gerne seine Gewürzprodukte bei ihm vorstellen wollte. Er entschied sich, bis dahin seine Taschen auszupacken und die Waschmaschine anzustellen, um für die nächste Woche wieder packen zu können.

Mia öffnete die Tür und sie hörte den Fernseher laufen. Sie brachte ihre Taschen ins Schlafzimmer und stellte sie vorläufig auf das Bett. Sie ging ins

Wohnzimmer und erblickte ihren Freund Daniel auf der Couch. Er schlief.

„Hey, ich bin wieder da.", sagte sie, im Raum stehend.

Daniel öffnete die Augen, und schaute zu ihr.

„Hey, willkommen zu Hause, Schatz. Ich habe so früh noch gar nicht mit dir gerechnet."

Ich kann gerne wieder gehen, dachte sich Mia, die noch immer etwas Wut von dem letzten Telefonat in sich trug.

„Tja, hier bin ich." Sie war überrascht, wie sehr er sich zu freuen schien, dass sie nach knapp zwei Wochen wiederkam. Die Wohnung hatte einen leichten Junggesellenstil erhalten.

Daniel stand auf und kam ihr entgegen. Er gab ihr einen Kuss. „Tut mir leid, ich wollte noch etwas Ordnung machen. Ich freue mich, dass du wieder da bist. Du siehst erholt aus."

„Ein wenig Erholung gab es auch." Mia dachte an die vielen Abende, in denen der Alkohol floss und musste auflachen.

„Soll ich uns einen Kaffee machen?", fragte Daniel.

Mia nickte bejahend und er gab ihr einen kleinen Klaps auf den Hintern, als er hinter sie lief. „Das habe ich vermisst.", feixte er und Mia sah eher empört aus. Daniel konnte dies ja nicht sehen. Er schaltete den Kaffeevollautomaten an und stellte die Tassen darunter.

„Setz dich doch schon einmal und dann können wir den weiteren Tagesablauf besprechen."

Mia tat dies und setzte sich an den Esstisch. Stets sah sie Lukas´ Gesicht vor sich und musste schweren Herzens versuchen, ihn in diesem Moment zu verdrängen. Daniel kam mit dem Kaffee zurück und setzte sich ihr gegenüber.

„Danke. Was hast du denn den ganzen Tag so gemacht?"

„Ich habe etwas gelernt, wie du siehst,", begann er und zeigte auf die Ordner und Blätterberge auf dem Tisch, „Und dann habe ich mich kurz auf die Couch verfrachtet und bin eingeschlafen."

„Sind das die Unterlagen von der Schulung?", fragte sie und blätterte hindurch.

„Ja, eine ganze Menge, was?!"

„Sieht auf jeden Fall nach viel Arbeit aus." Mia grinste aufgesetzt.

„Hast du die Auszeit genutzt und mal darüber nachgedacht, was du nun zwecks Arbeit machen möchtest?"

Mia schaute nichtswissend. „Um ehrlich zu sein, nein. Ich habe eher überlegt mich in meine Holzkunst zu vertiefen, ehe ich wieder in der Gastronomie arbeiten kann."

„Klingt jetzt beides nicht unbedingt krisensicher.", sagte er frei heraus.

„Wenn du etwas erreichen möchtest, dann musst du auch mal ein Risiko eingehen und die Gastronomie, das weißt du, na ja, ich liebe es dort zu arbeiten."

Daniel kratzte sich an der Schläfe. „Das schon, aber die Sache mit diesen Holzdingen ist doch eher ein Hobby, oder? Und die Gastronomie scheint mir in dieser Zeit die schlechteste Wahl zu sein."

Mia biss die Zähne aufeinander. „Willst du mir damit irgendetwas sagen?", forderte sie ihn fragend auf.

„Da ich ja, wie bereits erwähnt, wohl demnächst eine höhere Position ergattern werde, dachte ich mir, ich kann dich einstellen?"

„Wie, du kannst mich einstellen?" Mia hielt ihn gerade für verrückt.

„Nun ja, ich könnte dir eine krisensichere Bürotätigkeit verschaffen. Gebaut wird immer."

„Das möchte ich aber nicht.", antwortete sie klar und deutlich.

„Oh okay.", sagte er etwas kleinlaut.

„Ich möchte das tun, für was ich brenne und was ich gerne mag." Mia versuchte, stets die Ruhe zu bewahren. Doch sie konnte leider nichts an ihrem trotzigen Tonfall ändern. Sie schaffte es nicht, ihre Gefühlswelt richtig zu kontrollieren.

„Es war ja nur ein Vorschlag, du kannst es dir ja noch einmal in Ruhe überlegen. Lass uns das Thema wechseln."

Mia erhoffte sich, dass er nun fragen würde, wie es genau bei ihr war.

„Was möchtest du heute Abend essen? Wir könnten nach dem Essen einen gemütlichen Couchabend verbringen und na ja,..." Er zwinkerte ihr zu.

Sag es Mia. Sag es, sagte sie im Inneren zu sich selbst. Doch sie brachte nur ein, ich hab gerade gar keinen Hunger, heraus. „Keine Ahnung, was wir essen könnten."

„Dann werde ich dich überraschen. Du kannst in Ruhe deine Taschen auspacken und ich gehe einkaufen. Was sagst du dazu?"

„Klingt nach der perfekten Idee.", gab sie neutral zurück. Sie wollte gerade einfach nichts anderes als alleine sein.

„Super, dann ziehe ich mich an und fahre rasch in den Supermarkt."

„So machen wir das und ich kann eine Maschine aufsetzen." In Mia machte sich Erleichterung breit. Binnen kürzester Zeit hatte sie der Alltag wieder eingeholt. Sie befand sich wieder in jener

Situation, die sie unglücklicher nicht machen konnte.

„Hey Baby, hier bin ich." Fiona kam in das Loft hereinspaziert. Lukas stand gerade am Herd und kochte. Sie nahm ihn von hinten in die Arme und küsste seinen Hals.

„Oh, du kochst für uns.", freute sie sich. „Mir knurrt bereits der Magen."

„Ich bin ja anscheinend bestens in der Zeit.", entgegnete er ihr.

„Ich springe rasch unter die Dusche und dann bin ich da." Fiona sprang wie ein kleines Kind durch die Wohnung und ging in das Badezimmer. Für Lukas wirkte diese Freude leicht aufgesetzt. Bereits als sie hereinkam, spürte er, dass er sie nicht vermisst hatte. Mia hätte jene Frau sein sollen, die am Abend nach Hause kam. Beim gemeinsamen Essen fragte Fiona ihn, wie der Kurzurlaub war, und er erzählte von den Wanderungen und Abenden der Feierei. Er sagte ihr, dass sich Christoph und Lissi verlobt hatten. Er erwähnte, dass Christophs gute Freundin sowie Clint mit seinem Freund dabei war. Er hätte Mias Namen nicht aussprechen können, ohne dabei eine andere Mimik an den Tag zu legen. Fiona hörte ihm genau zu und auch, als er von seinem Skype-Telefonat erzählte.

Nachdem er mit seinen Erzählungen fertig war, fragte er Fiona nach dem Modelauftrag. Genug Bilder hatte er ja von ihr bekommen. Der Auftrag war so gut wie erledigt. Als Nächstes würden die besten Bilder ausgewählt werden und sie war das nächste Werbemodel für einen großartigen Katalog. Sie würde sogar auf dem Titelbild erscheinen.

„Ich meine, mit Bademoden auf einem Titelbild. Das ist doch wirklich mehr als großartig und ich denke, das wird mich voranbringen."

„Ich freue mich sehr für dich.", gab er ernst zu, auch wenn seine Gedanken ganz woanders waren.

„Danke dir, Baby. Noch ein Glas Wein?"

„Sehr gerne." Lukas hielt ihr sein leeres Glas hin.

„Ich werde morgen mal im Foodtruck vorbeischauen und ab Montag muss ich die anderen sechs Standorte abfahren. Es geht um die Hygienevorschriften und eventuelle Neuerungen."

„Oh, das heißt, du bist also wieder etwas länger unterwegs?", schmollte Fiona.

„Ja. Ich denke, es dauert so in etwa fünf Tage. Anfangen werde ich in Berlin."

„Oh, schönes Berlin. Müsste ich am Dienstag nicht zum Termin mit dem Fotografen, um die Bilder mit ihm auszuwählen, hätte ich mich dir angeschlossen. Wir beide sind wirklich sehr beschäftigt."

„Da hast du wohl recht.", gab er kurz zurück und trank einen Schluck.

Fiona stand auf und nahm ihm das Glas weg. Sie nahm ihn an seiner Hand und lief mit ihm zur Couch, auf die er sich setzte. Fiona setzte sich auf ihn und warf ihr blondes Haar zur Seite.

„Du hast mich heute noch gar nicht richtig begrüßt.", sagte sie und gab ihm einen Kuss. „Wenn wir schon nicht zu viel Zeit miteinander haben, dann sollten wir sie jetzt nutzen. Ich habe dich vermisst." Sie küsste ihn nochmals und der Kuss wurde intensiver. Lukas fasste sie am Rücken und erwiderte ihren Kuss, doch es fühlte sich nicht richtig an. Fiona fasste mit ihrer Hand über seine Hose, küsste seinen Hals. Nein, so jemand war Lukas nicht. Er würde sich keine andere vorstellen. Er würde dabei nicht an Mia denken. Lukas nahm Fiona an der Taille und drängte sie von sich weg.

„Was ist denn los? Weißt du, dass ich mir überlegt habe, mir meine Brüste vergrößern zu lassen."

„Was?", fragte er verwirrt und er wollte auch sicher nicht vom Thema ablenken. So oder so war er jemand, der nichts von kosmetischen Verschönerungen hielt.

„Fiona.", betonte er ihren Namen.

„Keine Brustvergrößerung? Was ist?", sie schien verdutzt.

„Ich möchte ehrlich mit dir sein und muss dir deshalb etwas sagen."

Fiona war just ganz bei ihm und wollte wissen, wie dies hier weiterging.

„Ich habe jemanden kennen gelernt und..." Fiona unterbrach ihn.

„Willst du mir jetzt sagen, diese Freundin von Christoph?"

„Ja, genau. Sie heißt Mia.", bereits beim Erwähnen ihres Namens zeichnete sich ungewollt ein Lächeln auf sein Gesicht.

„Hattet ihr etwas miteinander?", fragte sie empört, ohne Lukas die Möglichkeit zu geben, von sich aus zu sprechen.

„Ja, das hatten wir.", sagte er deutlich.

„Wie viel genau?", wollte Fiona wissen.

„Ich habe mit ihr geschlafen.", platzte die Wahrheit aus ihm heraus.

Kapitel 20

Während sie aßen, sprach Daniel ununterbrochen von seiner Arbeit. Mia hörte nur mit halbem Ohr zu. Er hatte noch immer nicht danach gefragt, wie es bei ihrem Kurztrip war. Sie wollte auch nicht mehr versuchen, von selbst davon zu sprechen. Nach dem Essen machte sie den Abwasch und Daniel schlich sich von hinten an. Er drückte sich dicht an sie und begann ihren Hals zu küssen. Fuhr mit einer Hand in ihre Hose.

„Lass doch das Geschirr bis morgen stehen.", flüsterte er ihr ins Ohr. „Wir haben uns lange nicht gesehen." Er fuhr ihr unter das Shirt.

Mia drehte sich zu ihm und legte ihre Hand auf seinen Arm. „Bitte, sei mir nicht böse, aber ich bin wirklich müde. Wir haben unseren Abschluss gestern Abend wohl etwas übertrieben."

Daniel stellte sich dichter an sie. „Vielleicht macht es dich ja wieder etwas wacher.", versuchte er sie zu überreden. Er drückte ihr einen Kuss auf den Mund. Er schien fanatisch darauf zu sein, mit ihr zu schlafen.

„Ich habe wirklich gerade keine Lust.", wehrte sie ihn, ungewollt unhöflich, ab.

Daniel wich zurück. „Ist ja in Ordnung."

„So sollte das jetzt nicht rüberkommen. Ich bin einfach fertig."

„Ist okay, ich halte mich zurück.", sagte er eingeschnappt und ging zur Couch, um sich hinzulegen. So war er meist, wenn es nicht nach ihm ging.

Mia wusch daraufhin das Geschirr alleine ab und da Daniel wohl nicht helfen wollte und in seiner Liegeposition schmollte, verfiel sie in Gedanken. Zu gerne hätte sie es ausgesprochen. Ihm gesagt, sie habe jemanden kennengelernt und wäre mit ihm intim geworden. Was war nur mit ihr los? Warum konnte sie nicht einmal laut aussprechen, was sie bereits lange Zeit dachte. Vor was genau hatte sie Angst? Er würde sie womöglich anschreien. Okay, das hatte sie verdient. Sie würde ihre Sachen packen und kurzzeitig sicher bei Christoph und Lissi zu Hause eine Übernachtungsmöglichkeit finden. Die zwei wären die Ersten, die sie mit offenen Armen nach der Trennung empfangen würden. Im Kopf durchgespielt wirkte es so simpel und einfach. Nur wenn sie es mit Daniel beenden würde, dann könnte sie offen für eine mögliche Beziehung mit Lukas sein. Sie beschlich das ungute Gefühl, dass er womöglich doch bei Fiona bleiben wollte. Vielleicht war er zu Hause angekommen, sah sie und sie, Mia, war vergessen. Wie dem auch sei, sie wusste, dass Daniel ihr nicht guttat und sie mit ihm nicht glücklich war. Als er sie küsste, wurde ihr sofort bewusst, dass es nicht Lukas war. Er sollte es sein und kein anderer.

„Du hast was?", schrie Fiona und stand auf.

„Fiona, es tut mir leid, aber zumindest sag ich es dir gleich und verheimliche es nicht, bis du es rauskriegst."

Sie verstummte und stützte die Arme in die Taille. „Das mag ja sein, aber ich dachte, zwischen uns wäre wieder alles bestens."

„Nein, das ist es nicht, Fiona.", sagte er voller Ausdruck. „Du lebst in einer ganz anderen Welt als ich und das soll sicher nicht böse klingen."

„Was für eine andere Welt?", wolle sie empört wissen.

„Du liebst den Glamour, den Luxus. Das alles bin aber nicht ich."

Fiona atmete demonstrativ laut ein und wieder aus. „Das soll jetzt also bedeuten, das es zwischen uns aus ist?"

Lukas schnaufte und stellte sich vor sie. „Ja, das soll es bedeuten, Fiona. Auf lange Sicht gesehen passen wir beide einfach nicht zusammen."

Sie hatte nicht einmal Tränen in den Augen, sondern wurde ziemlich motzig. „Und sie, diese Maja. Sie ist die Richtige für dich."

„Sie heißt Mia.", verbesserte er sie.

„Ist mir doch egal.", sagte sie pampig. „Weißt du Lukas, ich kann jeden haben, wenn ich will."

Zum Beispiel deinen Trainer, dachte er sich. „Sicher kannst du das. Du bist eine bildhübsche Frau."

„Ja, ich bin nicht hässlich." Nun begann sie doch etwas zu schluchzen.

Lukas streichelte über ihre Arme. „Du kannst auch gerne vorerst hierbleiben und ich schlafe auf der Couch. So lange, bis du etwas gefunden hast."

„Also gibt es wirklich gar keine Chance mehr für uns?"

„Nein, Fiona. Es tut mir wirklich leid, aber ich möchte ehrlich mit dir sein."

„Ich denke, dann muss ich das wohl akzeptieren.", sagte sie aufgelöst und versuchte, innere Ruhe auszustrahlen. „Ich werde sicher bei Freunden unterkommen können."

Lukas war etwas verwundert darüber, dass Fiona urplötzlich so gefasst wirkte. Trotz allem aber, war er glücklich darüber, es ausgesprochen zu haben. Es fiel ihm nicht leicht, da Fiona eine Frau mit Gefühlen war, aber es war wichtig für ihn, klare Verhältnisse zu schaffen und nichts unnötig weiter aufzuschieben.

In normaler Routine tranken Daniel und Mia am Sonntagmorgen ihren Kaffee. In der Nacht wollte er sie an sich ziehen, doch Mia tat so, als wäre sie bereits tief eingeschlafen. Sie wollte Lukas an ihrer Seite und niemand anderen. Daniel setzte sich mit seinem Handy auf die Couch und Mia sagte ihm, sie würde sich für ein wenig Yoga zurückziehen. Sie hätte es mit Lissi beinahe täglich gemacht, log sie, und deshalb wollte sie am Ball bleiben. Sie konzentrierte sich bei ihren Übungen darauf, an nichts zu denken. Lediglich den Fokus auf ihren Atem zu legen. Nebenher bekam sie mit, dass Daniel begann zu telefonieren. Mia verlängerte ihre Übungen und nach einer knappen Stunde lag sie in der Ruheposition. Bilder kamen ihr in den Kopf. Lukas durchströmte ihre Gedanken. Der Moment, als er sie im Regen das erste Mal küsste, als sie beide stets begannen, die Nähe zueinander zu suchen. Der Zeitpunkt, an dem sich beide nicht länger zurückhalten konnten und miteinander schliefen. Mia bekam Gänsehaut, als sie es wie einen Film vor ihren Augen abspielte. Sie dachte an ihren Abschied und sah vor ihrem inneren Auge sein Auto davonfahren. Mia setzte sich aufrecht, blickte aus dem Fenster in den Himmel hinauf. Sie fühlte sich gestärkt und würde nicht länger warten. Sie stand auf, rollte ihre Matte zusammen und ging zurück ins Wohnzimmer.

„Ich muss mit dir sprechen, Daniel.", sagte sie auffordernd. Daniel nahm gerade Geldbeutel und Autoschlüssel in die Hand und kam zu ihr, um ihr einen flüchtigen Kuss zu geben. „Heute Abend, ja. Mein Kollege hat gerade angerufen und möchte mir bei einem Bierchen wichtige Neuigkeiten persönlich überbringen."

„Daniel, bitte.", flehte sie beinahe.

„Es geht sicher um, na du weißt schon." Daniel grinste.

Nein sofort!, hätte sie ihn anschreien sollen. Er schien den Ernst in ihrer Stimme kaum wahrzunehmen. Er verabschiedete sich bis zum Abend und ging aus der Tür. Kaum war sein Auto davon gefahren, fluchte Mia lauthals vor sich her. Es reichte ihr und nicht länger würde sie dieses Desaster mitmachen. Er wollte es also auf die harte Tour. Sie ging nach unten ins Kellerabteil und wollte sehen, ob noch leere Kartons vorhanden waren. Sie entdeckte zwei Kartonagen mit der Aufschrift **Holz**. Sie öffnete einen nach dem anderen und begutachtete, was sie bereits alles erschaffen hatte. Anhänger, wie auch Lissi einen besaß, Untersetzer, Baumschmuck und noch vielerlei mehr. Daniel meinte, sie hätten oben zu wenig Platz und deshalb landete alles hier unten in Kartons. Wie sie bereits zu Lukas sagte, hatte sie Rücklagen und vielleicht war es wirklich an der Zeit, den Versuch zu starten, ob nicht mehr aus ihrer Leidenschaft entstehen könnte. Sie fühlte sich bereit. Bereit für Neues.

Sie fand fünf leere Kartons und nahm sie mit in die Wohnung. Mia besaß nicht viel, das war ihr Glück. Sie packte ihre wenigen Besitztümer ein und ließ Daniel jegliches stehen, was sie an Gütern nicht benötigte. Er sollte alles behalten. Nach nur zwei Stunden hatte sie, was sie brauchte, beisammen. Sie brachte die gefüllten Kartons wieder in den Keller sowie einige Reisetaschen mit ihrer Kleidung. Sie würde Christoph und Lissi heute überfallen müssen. Mia setzte sich mit einer Tasse Kaffee an den Küchentisch. Es war bald halb sechs. Sie nahm einen Stift in die Hand und wippte mit diesem auf und ab. So viel Wut hatte sich in ihr angestaut. Mia wartete, machte sich noch eine Tasse Kaffee und wartete eine weitere halbe Stunde. Die Wohnungstür öffnete sich und Daniel kam herein.

„Oh Schatz, ich habe super Neuigkeiten.", rief er voller Freude.

„Ich nicht.", sagte Mia ernst. Sie konnte ihre Selbstsicherheit selbst kaum glauben.

Daniel sah Mias Handtasche auf dem Boden stehen. „Hast du heute noch etwas vor?"

Mia nickte und Daniel vernahm mit einem Blick durch den Raum, dass einige Sachen fehlten. Er schaute sie fragend an und schien darauf zu warten, was sie zu sagen hatte.

Kapitel 21

„Hey Lukas, lass dich umarmen.", begrüßte Lissi ihn am Abend, nachdem sie ihm die Tür öffnete. „Wir haben uns so lange nicht gesehen."

„Hi, Lukas", begrüßte ihn Christoph. „Magst du noch einen Kaffee trinken?"

„Hi. Wenn du einen kleinen Kaffee hättest, gerne."

„Wird gemacht."

Sie gingen alle in die Küche und Lissi und Lukas setzten sich an den Tisch, während Christoph drei Kaffee zubereitete.

Lukas legte seinen Zweitschlüssel auf den Tisch. „Danke dir Lissi, dass du mir am Dienstag das Paket annimmst. Ich möchte ungern, dass die Lieferung verloren geht."

„Ist doch kein Thema. Gibst du mir noch die Nummer der Sendung, dann kann ich pünktlichst vor Ort sein."

„Ich schicke dir einen Screenshot." Lukas durchforstete sein Handy nach der Sendungsnummer. Christoph kam mit dem Kaffee und setzte sich mit an den Tisch.

„Wie geht es Fiona?", fragte Lissi frech.

„Sie hat es besser aufgenommen, als ich dachte."

„Was?", fragte Christoph forsch.

„Mit uns ist es vorbei. Ich habe es ihr gesagt und die Beziehung beendet." Lukas schien erleichtert.

„Wow, damit hätte ich so schnell nicht gerechnet.", gab Lissi zu.

„Habt ihr schon etwas von Mia gehört?", wollte er wissen. Seine Stimme wurde weicher.

Christoph schüttelte den Kopf. „Ich wollte sie auch nicht unnötig nerven. Sie wird von sich aus auf uns zu kommen, glaub mir."

„Ich kann dir ihre Handynummer geben, wenn du willst.", bot Lissi an und hatte daraufhin prompt ihr Handy parat.

Lukas winkte ab. „Ich habe so schon Probleme, mich zu konzentrieren. Ich möchte ihr die Zeit geben, die sie braucht. Vielleicht entscheidet sie sich sogar noch um." Lukas wirkte plötzlich trauriger. Daran wollte er eigentlich keinerlei Gedanken verschwenden. „Ich muss mich die Tage schwer auf die Arbeit konzentrieren, nicht, das ich irgendwelche Fehler mache und am Ende durch etwaige Nichtdurchführungen meine Foodtrucks verliere. Deshalb fahre ich auch schon heute Nacht nach Berlin."

„Bist du wieder mit deinem Bully unterwegs?", fragte Christoph, der dieses Auto einfach klasse fand.

„Aber sicher, schließlich muss ich irgendwo schlafen.", feixte er. „Ich weiß, wie toll du dieses

Auto findest und ihr wisst, ihr könnt es euch jederzeit borgen.", ging Lukas auf den Themenwechsel ein.

Christoph bekam ein breites Grinsen und Lissi streichelte über seine Wange. „Ja Schatz, dein Wunsch wird noch dieses Jahr erfüllt.", sagte sie und zog die Mundwinkel zur Seite.

„Danke, das wäre ein Traum."

Lukas verabschiedete sich auch schon nach etwas verstrichener Zeit, um in die Nacht hineinzufahren und frühzeitig in Berlin anzukommen. Er wollte versuchen, binnen der nächsten vier Tage in dort, Dresden, Leipzig, Hamburg, Köln und München zu sein. Er hatte einiges vor sich und war schon jetzt müde, bei dem Gedanken. Aber dieser Stress wäre derzeit die beste Ablenkung für ihn. Freitag würde er in Frankfurt nochmals selbst im Truck tätig werden, um einem Mitarbeiter an seinem Geburtstag frei geben zu können.

„Ich werde gehen, Daniel.", stieß es voller Entschlossenheit aus Mia heraus. Ihr Herz schien kurz ausgesetzt zu haben. Sie hatte ausgesprochen, was ihr schon lange auf der Seele lag.

„Du wirst gehen?", fragte Daniel empört. Er setzte sich gegenüber von ihr an den Tisch.

„Ich hätte dies schon viel früher machen sollen, nicht bis noch mehr geschieht."

„Was meinst du mit mehr?", wollte er mit eindringlichem Blick wissen.

Mias Mund begann zittrig zu werden. „Ich habe mit einem anderen Mann geschlafen.", sagte sie rasant, ehe sie sich am Ende nicht mehr traute.

Daniel fiel die Kinnlade herunter. Er rieb sich die Nase und sein Blick war nicht zu deuten.

„Es tut mir leid, ich hätte dir das nie antun dürfen, aber es ist einfach passiert."

„Ich verstehe nicht. Ich meine, warum? Bist du so unglücklich mit mir?"

„Um ehrlich zu sein, ja. Ich bin nicht mehr glücklich. Du nimmst mich kaum noch wahr, meine Träume und Ziele scheinen nichtig für dich und du bist fast nur noch auf dich fixiert.", platzte es aus ihr heraus, aber ihre Tonlage blieb neutral.

Daniel räusperte sich. „Tut mir leid, wenn ich mich beruflich weiterbilden möchte und eine sichere Zukunft aufbauen will. Diese für uns."

„Das ist vollkommen in Ordnung, aber ab jetzt baust du sie dir für dich auf und nicht für uns."

„Das heißt, du hast dich zu hundert Prozent dafür entschieden? Du möchtest nicht noch einmal versuchen, dass es zwischen uns klappt? Kein Gespräch führen und eine Lösung finden?

Du willst unsere Beziehung egoistisch beenden?" Fragte er sie vorwurfsvoll, der Reihe nach.

„Ja.", sagte sie und musste kurz ihren Blick von ihm abwenden.

„Wow, das ist echt der Wahnsinn. Du kommst nach zwei Wochen aus dem Urlaub, vögelst dort mit einem anderen und dann bist du ein völlig anderer Mensch." Wut lag in seiner Stimme. „Hast du auch schon deine Klamotten gepackt?" Mia nickte. Sie wollte nur noch raus hier. Daniels Reaktion machte ihr etwas Angst. Sie verstand ja, dass er sauer war, aber sein hochroter Kopf machte den Anschein, als würde er gleich vollends ausflippen.

„Tut mir leid, aber ich denke, ich sollte jetzt gehen.", versuchte Mia sich, aus der Situation zu flüchten. Sie nahm ihre Tasche und stand auf. „Ich werde demnächst meine Sachen aus dem Keller holen und nicht mehr in die Wohnung kommen."

Daniel stand auf und packte sie am Arm.

„Bitte, gibst du uns wirklich keine Chance mehr?" Er blickte ihr tief in die Augen und seine Stimme wurde leiser.

„Nein, es tut mir leid. Ich kann das nicht mehr. Ich möchte wieder glücklich sein. Das mit uns funktioniert einfach nicht.", entgegnete sie klar und deutlich, mit leichten Tränen in den Augen.

Daniel ließ sie los und begann zu schreien. „Gut, weißt du was, dann hau ab. Geh zu deinem Stecher oder zu deinen tollen Freunden. Ich meine es ernst, wenn du jetzt durch diese Tür gehst, dann brauchst du nicht wiederkommen."

Mias Herz raste. Gleich hatte sie es geschafft. Sie schaute ihn nochmals an und besaß einen vollkommen ruhigen Ton in der Stimme.

„Ich werde auch nicht wiederkommen." Sie ging den Flur hinab, durch die Haustür und schloss diese von außen. Sie eilte die zwei Etagen nach unten und ging zu ihrem Auto. Darin sitzend übermannten sie ihre Gefühle. Sie weinte, aber nicht nur wegen der Traurigkeit, schließlich hatte sie einiges mit Daniel erlebt und nicht alles war schlecht, doch ihr rannen auch Tränen der Erleichterung über die Wangen. Sie spürte sogar, dass sie leicht lächelte. Mia startete den Motor und fuhr los.

„Wer ist denn das jetzt? Bei uns ist ja heute Rushhour.", lachte Lissi.

Sie öffnete die Wohnungstür und auch Christoph stand neugierig hinter ihr. Die Tür geöffnet stand Mia vor ihnen. Sie hielt ihre Handtasche in beiden Händen und zuckte mit den Schultern.

„Könnte ich heute Nacht bei euch unterkommen? Ich wäre ja in ein Hotel gegangen, aber die sind ja geschlossen.", fragte sie zaghaft und schon wieder musste sie leicht weinen.

Lissi und Christoph schauten einander an. Ohne Mia zu fragen, wussten sie beide, dass sie es getan hatte. Sie hatte die Beziehung zu Daniel beendet. Christoph ging an Lissi vorbei und forderte Mia auf, in seine Arme zu kommen. Lissi schloss sich der Umarmung an und drückte sich fest an beide heran.

Kapitel 22

Lissi und Christoph nahmen Mia herzlichst bei sich auf. Nichts taten sie lieber, als sie nun zu unterstützen. Lissi brachte Mia einen Tee zur Couch, stellte aber vorab eine Flasche Wein und drei Gläser auf dem Wohnzimmertisch ab. Sie erzählte den beiden alles und Christoph bot gleich an, mit ihr am nächsten Tag ihre zusammengepackten Taschen und Kartons aus dem Kellerabteil zu holen. Er war sich sicher, dass sie dann am besten mit allem abschließen konnte. Warum sollte sie es länger aufschieben, wenn bei Lissi und Christoph noch genug Platz in ihrem Keller vorhanden war.

„Ihr sollt sicher sein, dass ich euch nicht zur Last fallen werde.", versicherte sie. „Ich werde gleich morgen beginnen, nach Wohnungen zu suchen. Versprochen."

„Es ist alles okay, Mia. Christoph ist vielleicht ganz froh darüber, jemanden hier zu haben, wenn ich ab morgen wieder acht Stunden im Homeoffice sitze." Lissi lachte auf.

„Wo möchtest du denn nach einer Wohnung suchen?", fragte sie Christoph.

„Wie meinst du das?"

Lissi übernahm. „Na ja, eher hier oder in Frankfurter Richtung?" Lissi zwinkerte ihr zu.

„Wisst ihr denn etwas von ihm? Also ich meine, er und Fiona.", fragte sie vorsichtig an.

„Lukas war heute schon hier. Knapp zwei Stunden vor dir."

„Wirklich?" Mia lächelte bei dem Gedanken an ihn.

„Ja, aber er ist heute gestartet. Die Foodtrucks abfahren. Er hat vor am Donnerstag wieder hier zu sein und Freitag arbeitet er in Frankfurt.", antwortete ihr Christoph und wollte ihr damit einen kleinen Wink geben.

Lissi konnte es sich nicht verkneifen und prasselte drauf los.

„Er hat sich von Fiona getrennt, Mia. Ich wollte ihm deine Handynummer geben, aber er wollte sie nicht.", sagte sie ernst und auch wenn es sehr gemein war, machte sie eine Pause.

Mia schaute bekümmert drein. „Nicht? Okay.", entgegnete sie fast bestürzt. Sie musste etwas falsch gemacht haben.

„Musst du sie nun auch noch in so einer Situation auf den Arm nehmen wollen.", rief Christoph und schüttelte den Kopf. Aber was sollte er schon sagen, er kannte seine Verlobte nur zu gut. Lissi begann lauthals zu lachen und Mia schaute verdutzt drein.

„Es tut mir so leid, ich bin ein schlechter Mensch. Du machst ihn verrückt, Mia und er will dir Zeit geben. Deine Handynummer wollte er jetzt nicht, weil er Angst davor hat, sich dann nicht auf die Arbeit konzentrieren zu können. Vergibst du mir?"

„Ich dachte jetzt echt, er hat nun doch mit mir abgeschlossen."

„Er und abgeschlossen. Bereits nach fünf Minuten hat er nach dir gefragt. Hast du denn abgeschlossen?", fragte Christoph sie ernst.

„Nein, das habe ich nicht. Ich will nichts lieber, als wieder mit ihm zusammen sein.", gab sie offenherzig zu.

„Dann merk dir den Freitag vor. Sein Foodtruck steht in der Nähe des Bahnhofs. Du solltest ihn einfach finden, denn es steht sein Name drauf. Verkauf ist bis sechs Uhr abends.", prasselte Lissi los. „Also, nur so als Vorschlag."

Mia würde es sich durch den Kopf gehen lassen. Für heute musste sie erst einmal versuchen abzuschalten. In Bezug auf das Beziehungsende fühlte sie sich frei. Sie konnte es noch gar nicht richtig begreifen. Die Nachricht darüber, dass sich Lukas von Fiona getrennt hatte, machte sie überglücklich.

Lukas wurde in den nächsten vier Tagen zum Workaholic. Er freute sich jedoch, all seine Standorte und vor allem seine fleißigen Mitarbeiter zu sehen. Die Foodtrucks waren top gepflegt und die Konzepte bestens umgesetzt. Alle beschwerten sie sich nur über das lästige Tragen der Maske. Lukas verstand dies vollkommen, aber legte ihnen auch nahe, dass die Trucks zum Glück noch offen waren im Gegensatz zu den Restaurants. Er war heilfroh, sich für das To-Go-Geschäft entschieden zu haben. Als er in Dresden einen kleinen Spaziergang am Elbufer unternahm, klingelte sein Handy. Der Bankmitarbeiter Nico, den Lukas schon lange kannte, wollte eine kleine Auskunft einholen. Als Lukas hörte, was er wissen wollte, atmete er wütend. Fiona hatte noch seine Kreditkarte. Jetzt war ihm auch bewusst gewesen, warum sie am Ende ihres Gesprächs wieder friedseliger wurde. Lukas erzählte Nico, dass er sich von ihr getrennt habe und dies wohl ihr kleiner Racheakt sein sollte. „Willst du ihr ihre Shoppingtour gönnen?", fragte ihn Nico.

„Wie viel würde sie mich denn kosten?"

„Na ja, sie liegt mit 500 Euro drüber, deshalb haben wir die Anfrage bekommen, ehe es genehmigt wird. Also sind wir bei dreieinhalb."

Lukas stellte sich gerade vor, wie Fiona nervös darauf wartete, dass die Karte endlich akzeptiert wurde. Nico musste am anderen Ende die Verkäuferin am Telefon haben. Lukas begann unwillkürlich zu lachen.

„Wenn du noch lachst, ist ja gut."

„Sorry Nico. Kopfkino.", entgegnete er ihm.

„Also gut, gönn ihr diesen Einkauf, aber könntest du mir die Karte danach bitte sperren, dass es demnächst nicht noch mehr wird."

Nun lachte auch Nico. „Geht klar. Ich genehmige es ihr und dann sperre ich deine Karte. Ich habe ja alles da."

„Ich danke dir, Nico. Wir werden dann eben eine neue Kreditkarte machen müssen."

„Das bekommen wir hin. Melde dich einfach bei mir."

„Mach ich. Tschüss Nico."

„Tschau Lukas.", beendete er das Gespräch.

Diese Frau war echt der Wahnsinn. Hut ab, dass sie diese Dreistigkeit besaß. Lukas lief weiter an der Elbe entlang und setzte sich auf eine Bank, um den Blick auf die Altstadt zu genießen. Mia würde es hier sicher auch gefallen. Er hätte sich vielleicht doch die Nummer von Lissi geben lassen sollen. Nein, er hatte die richtige Entscheidung getroffen. Er wollte Mia Zeit geben, aber spätestens zum Wochenende würde er sie anrufen. Er wollte Klarheit. Im jetzigen Moment aber, hätte ihn das alles vollkommen aus der Bahn geworfen.

Christoph und Mia hatten am Montag wie geplant die Sachen geholt. Daniel war auf Arbeit und deshalb warf sie doch noch einen letzten Blick in die Wohnung, lediglich um zu schauen, ob sie auch wirklich alles hatte. Wieder heraußen warf sie den Schlüssel in den Briefkasten und Christoph nickte stolz. Sicher, Mia hatte nicht gewollt, dass es so endet. Gerne hätte alles etwas normaler ablaufen können, nicht mit dem aggressiven Tonverhalten von Daniel, aber nun war es beendet. Mia war froh darüber.

Zu dritt fuhren sie am Dienstag nach Frankfurt zu Lukas´ Wohnung. Sie warteten auf seine Lieferung und Mia fand sein Loft einfach wahnsinnig toll. Sie hielt sich dort aber sehr zurück. In gewissem Sinne war sie ja hinter seinem Rücken hier.

Sie verbrachte die Tage damit, sich den Freitag herbeizusehnen. Sie würde Lissis Vorschlag diesmal annehmen und Lukas nach Feierabend überraschen.

Sie schaute in der Zeitung und im Internet ein wenig nach Wohnungsangeboten und den Donnerstag verbrachte sie mit Christoph, um

Lissi ein wenig Ruhe bei der Arbeit zu gönnen. Sie liefen zur Pizzeria und sahen durch die Fenster hindurch, nichts als Leere.

„Schon krass. Denkst du, Luigi ist schon wieder in der Heimat?", fragte Mia.

„Ich könnte es mir denken.", gab er zur Antwort.

„Keinen Monat ist es her, als wir zum letzten Mal hier standen und schau, was in dieser Zeit alles geschehen ist."

„Du bist verlobt, ich bin getrennt. Tage der Feierei.", feixte sie.

„Und du bist wohl etwas neu verliebt?!", mutmaßte er.

„Das kann ich wohl nicht bestreiten."

„Das kann wohl keiner.", er lachte. „Ihr zwei seid echt knuffig zusammen."

„Knuffig?" Mia grunzte fast.

„Mir ist gerade nichts Besseres eingefallen." Wieder einmal rückte er verlegen seine Brille zurecht.

Sie beschlossen wie auch beim letzten Mal noch etwas an den Main zu gehen und setzten sich dort auf eine Bank.

„Ich werde mich ja versuchen, etwas in meine Holzkunst zu vertiefen, doch wie sieht es bei dir aus? Hast du schon eine Ahnung, was genau du jetzt machen wirst?"

„Ich bin eigentlich Servicekraft aus Leidenschaft, aber das wird wohl alles noch etwas dauern.", gab er zu.

„Aber ich denke, selbst wenn du wartest, wird Lissi dich dabei unterstützen, oder?"

„Ja, auf jeden Fall. Aber vielleicht ist es auch ein Wink, also die Pandemie, mir etwas anderes zu suchen. Es wäre sicherlich besser, wenn wir zumindest die Wochenenden gemeinsam hätten. Immer am Abend arbeiten zu sein, das ist auf Dauer auch nicht das Wahre."

„Ja, das stimmt. Aber es gibt sicherlich auch Stellen, die tagsüber Personal brauchen."

„Das stimmt. Ach, ich werde sicher das Passende finden. Ich versuche, mir da keinen Stress zu machen."

„Wozu auch? Wer weiß, was diese Pandemie noch bringt.", Mia klang wehmütig.

„Hoffentlich ein baldiges Ende.", entgegnete er ihr.

„Das hoffe ich auch.", stimmte sie mehr als bejahend zu.

Kapitel 23

Lukas machte sich für die Arbeit fertig. Heute hatte er die Schicht eines Mitarbeiters übernommen. Er ging kurz vor zehn Uhr los. Von seiner Wohnung aus war es nicht weit zum Foodtruck. Danny begrüßte ihn voller Freude.

„Habe die Ehre, Chef."

„Guten Morgen, Danny. Alles gut bei dir?", fragte er ihn.

„Es ist alles hervorragend."

Lukas hatte es sich zur Aufgabe gemacht, ein lockerer Chef zu sein, der trotz allem wollte, das Regeln eingehalten werden würden. Ein wenig Strenge musste schließlich sein.

„Was hast du dabei?", wollte Danny mit einem Blick auf seine Tasche wissen.

„Ich hatte doch am Samstag die Telefonie mit dem Start-up-Unternehmen. Sie haben mir am Dienstag einige Kräuter zugeschickt. Wir beide können sie heute mal etwas austesten."

„Das klingt interessant. Da bin ich schon gespannt."

„Und ich erst. Ich habe mich beim gestrigen Kochen extra zurückgehalten.", lachte Lukas.

Danny schloss die Seitentür des Trucks auf und begann fleißig, alles für den Tag vorzubereiten.

Lukas half ihm natürlich dabei. Der Foodtruck war einige Meter entfernt vom halbrunden Bahnhofseingang platziert. Normalerweise waren hier tagsüber Menschenmassen, aber in derzeitiger Situation war es beinahe unheimlich ruhig. Kaum Menschen, die in den Bahnhof ein- und ausgingen. Keine Straßenmusikanten, die ihre Instrumente oder Lieder zum Besten gaben.

„Echt gruselig.", sagte Lukas unbeabsichtigt laut.

„Was ist gruselig? Hast du jemanden gesehen?", fragte und feixte Danny.

„Nein." Lukas lachte auf. „Die Leere auf dem Platz."

„Ja, für Frankfurter Verhältnisse echt übel. Die Arbeitstage sind ziemlich entspannt derzeit. Aber unsere Stammkundschaft kommt sogar vorbei, um sich ihr Mittagessen wieder mit nach Hause ins Homeoffice zu nehmen."

„Ein Hoch auf unsere treue Kundschaft.", entgegnete Lukas. „Kommt denn noch immer diese brünette, hübsche Dame?"

Danny wurde leicht rot. „Wen genau meinst du?", log er fragend.

„Danny, wir haben doch zum Glück alle ein gutes Verhältnis zueinander."

„Wer hat es dir gesteckt?"

Lukas hob nichts wissend die Arme. „Tut mir leid, ich nenne keine Namen. Nun sag schon, weißt du schon was von ihr?"

„Nein, tue ich nicht. Ich trau mich nicht.", antwortete er leise.

Danny war dreiundzwanzig und Frauen hätten ihn wahrscheinlich als drollig bezeichnet. Er besaß eine normale Statur, war gepflegt und seine schwarzen Haare fielen ihm meist leicht in die Stirn. Er war eine herzensgute Person, doch einfach sehr schüchtern. Wenn er sich mal traute, etwas zu sagen, dann verhaspelte er sich meist.

„Trau dich. Was hast du denn zu verlieren."

„Sie könnte mich beginnen zu ignorieren."

„Dann weißt du, sie ist nicht für dich bestimmt." Er klopfte ihm auf die Schulter.

„Du hast gut reden, mit deiner Modelfreundin.", entgegnete er auf kumpelhafte Art.

„Meinst du?"

„Ja, das meine ich."

„Sie und ich haben uns getrennt, aber schreibe das jetzt bitte nicht gleich in die Gruppe."

„Oh, das tut mir leid. War sie sauer, dass du ohne sie in den Urlaub gefahren bist?", fachsimpelte er.

„Nein, ich habe einfach herausgefunden, dass sie es nicht ist und na ja...", unterbrach Lukas, da Kundschaft kam. Die Erste des Tages. Danny hatte da ein Gefühl und unbewusst schien es das Richtige zu sein. Es gab da wohl eine andere, die seinem Chef den Kopf verdreht hatte.

Lukas dachte während der Arbeitszeit schon über seinen Feierabend nach. Er würde nach Hause gehen, sich rasch unter die Dusche stellen und dann wie ausgemacht zu Lissi und Christoph gehen. Dort würde er sich von Lissi die Nummer von Mia geben lassen. Vielleicht wussten die beiden ja schon mehr und wollten ihn nur ungestört seine Tour beenden lassen. Er musste zugeben, bereits etwas aufgeregt zu sein.

Mia wollte sich heute besonders hübsch machen. Sie legte dezentes Make-up auf, achtete dabei jedoch auf intensive Wimpern. Sie wollte nicht gekünstelt aussehen, denn das war sie nicht und das wusste auch Lukas. Ihre hellbraunen Haare trug sie offen und gab ihnen etwas Volumen. Es war ein wunderschöner Frühlingstag, aber sie entschied sich, einen dünnen braunen Schal um den Hals zu legen. Sie entschied sich für eine enganliegende hellblaue Jeans, ein weißes Langarmshirt und eine legere beigefarbene Strickjacke. Als Schuhwerk wählte sie weiße Chucks. Ein wenig Parfum aufgesprüht und es konnte losgehen.

Nervös sagte sie zum Nachmittag, dass sie losfahren würde. Sie würde sich vorher noch etwas in der Stadt die Beine vertreten.

„Gut siehst du aus, Süße.", bewunderte sie Lissi.

„Und er weiß wirklich von nichts?", hakte Mia nochmals nach.

„Also ich habe nichts gesagt. Du, Schatz?"

„Nein, von mir weiß Lukas auch nichts. Versprochen."

„Gut, dann ist ja alles klar."

„Hol ihn dir und wehe ich sehe auch nur einen von euch heute bei uns." Lissi brach in Gelächter aus. Der Spruch gefiel sogar Christoph und er ließ sich von ihr anstecken. Die beiden freuten sich darüber, zu wissen, dass ein Vorhaben ein glückliches Ende nehmen würde.

Mia fuhr durch die Stadt hindurch und bog auf die Autobahn ab. Mit der Parkplatzsuche und allem drum und dran, würde sie sicherlich eine gute Stunde brauchen. Am vorteilhaftesten würde es wohl sein, wenn sie gleich am Bahnhof einen Platz fand. Sie konnte es kaum erwarten, Lukas endlich wieder zu sehen. Hoffentlich hatten sich seine Arbeitspläne nicht geändert. Ein kleiner Stau verlängerte ihre Fahrt und um Viertel nach fünf parkte sie ihr Auto. Nun dachte sie, sie hätte früher losfahren sollen, um hier nochmal Zeit zum Durchatmen zu haben. Sie hatte einen gebührenpflichtigen Parkplatz, neben dem Bahnhofsgelände ergattert. Sie fuhr sich nochmals durch die Haare, um ihnen neuen Schwung zu verleihen, und stieg aus. Sie begann die Poststraße entlang zu laufen, bog rechts ab und lief weiter, bis sie an der Taxisammelstelle ankam. Der Haupteingang war nah und sie glaubte, den Truck bereits gesichtet zu haben. Sie hatte noch eine gute halbe Stunde Zeit und wollte sich irgendwo einen Coffee To Go kaufen. Sie ging dahin zurück, von wo sie gekommen war, und ging von dort aus in den Bahnhof hinein. Mias Aufregung stieg Minute um Minute an. Wie genau sollte sie ihm jetzt eigentlich begegnen? Sie holte sich bei einem Kiosk einen Cappuccino und ging wieder aus dem Bahnhof heraus, um nochmals die gleiche Strecke, wie gerade, entlangzugehen. Sie lief weiter in Richtung des Platzes und stellte sich vorsichtig hinter einen Baum, um hindurchschauen zu können. Auf dem Truck stand in kursiver Schrift simpel und einfach *Lukas´ Foodtruck* und Mia erspähte einen Mann darin, doch war sich unsicher, ob es Lukas war. Die Maske hätte täuschen können, aber sie sah auch seine Statur. Nein, das war er nicht. War er womöglich doch nicht hier? Keine zwei Sekunden später erhob sich jemand hinter dem Tresen. Mias Herz machte einen Sprung. Trotz Mundschutz war sie sich zu einhundert Prozent sicher, dass es Lukas war. Sie schienen gerade sauber zu machen. Es war nun Viertel vor sechs. Sie würde hier einfach in Ruhe ihren Cappuccino leer trinken, noch weiter hinter den Bäumen auf und ab laufen und dann auf den Bahnhofsplatz gehen. Schon bald war es so weit.

„So, Feierabend.", läutete Lukas ein.

„Ich denke wir können ganz zufrieden sein.", sagte Danny.

„Es werden wieder besser Tage kommen.", entgegnete er.

„Hey Lukas, du bist ja mal wieder hier.", begrüßte ihn ein dunkelhaariger Mann.

„Ach nein. Hi Ben. Was macht die Kunst?" Lukas wischte gerade nochmals über den Tresen.

„Na ja, ich bin derzeit, wie so viele andere zu Hause. Was will man machen." Er zuckte mit den Achseln.

„Du, wir kommen gleich raus, dann kann ich erstmal die Maske abnehmen."

„Alles klar, ich warte. Bringst du mir eine Cola mit?"

„Weil du es bist."

Ben war ein alter Schulkollege und sie sahen sich ab und an, wenn Lukas hier vor Ort war. Meist so spontan wie gerade.

„Nimm dir ruhig auch was zu trinken mit raus, Danny."

„Super, danke." Er nahm sich eine Limonade und die beiden verließen den Truck und schlossen ab. Lukas, Danny und Ben kamen heraußen ins Gespräch.

Mia kam auf den Platz und warf ihren Becher in eine Mülltonne. Ihr Herz schlug wie verrückt, als sie dem Truck näher kam. Sie sah, wie sich die drei Männer daneben unterhielten. Lukas stand mit dem Rücken zu ihr. Er zog sich gerade eine Sweatjacke über und fuhr durch sein kurzes Haar. Wie gerne hätte sie das jetzt bei ihm getan. Sie hörte ihr Gelächter und Gerede. Lukas hatte ein wunderbares Lachen. Sie war nur noch wenige Meter von ihnen entfernt. Verlegen steckte sie ihre Hände in die Taschen ihrer Strickjacke. Ben musterte sie kurz von oben bis unten, lächelte und schweifte daraufhin wieder von ihr ab. Dass die Leute auf diesem Platz herumliefen, war hier schließlich an der Tagesordnung. Nur das Mia diejenige war, die ihre Schritte verlangsamte. Dies fiel natürlich auf.

Danny beobachtete sie. Er sah, wie sie ihren Blick auf Lukas fixierte.

„Lukas?!", er forderte ihn auf, ihn anzusehen. Als Lukas dies tat, ließ er ihn mit einem Kopfnicken verstehen, das hinter ihm jemand stand. „Ist sie es?", fragte er beiläufig und lächelte.

„Wer?" Lukas schien verwirrt und drehte sich um.

Sein Herz machte einen Sprung. Er konnte nicht glauben, dass sie es war, die vor ihm stand.

„Mia", sagte er liebevoll ihren Namen. Er sah sie an und genoss ihren wunderschönen Anblick. Wie sehr hatte er sich diesen Moment erträumt.

„Hey." Verlegen legte sie ihren Kopf zur Seite. Prompt vergaß Lukas, dass er gerade noch mit Danny und Ben in einem Gespräch war. Er vergaß alles um sich herum. Er ging auf sie zu und stellte sich dicht vor sie. Mia legte beinahe schüchtern ihre Hand auf seinen Oberkörper. Wie sehr hatte sie es vermisst, Lukas zu berühren. Wie sehr hatte Lukas darauf gewartet, wieder von ihr berührt zu werden. Er konnte es noch immer nicht glauben und dass sie hier war, musste etwas Gutes bedeuten. Er legte seine Hand auf ihre Wange.

„Bitte sag mir, dass ich dich jetzt küssen darf. Hier, in aller Öffentlichkeit." Lukas blickte ihr tief in die Augen.

„Ja, das darfst du. Ich bestehe sogar darauf.", gab sie ihm deutlich zu verstehen.

Er zog sie mit seiner freien Hand zu sich und sie legte ihre Hände um seinen Nacken. Die Zeit schien still zu stehen. Keiner um sie herum war mehr wichtig. Sie küssten sich voller Zärtlichkeit. Wie lange hatten sie sich danach gesehnt. Die letzten Tage kamen ihnen wie eine Ewigkeit vor.

„Du weißt, dass ich dich nicht wieder gehen lassen werde.", flüsterte er ihr zu. Daraufhin küsste er sie ein weiteres Mal.

Mia und Lukas konnten ihr Glück kaum fassen. Ihre Herzen hatten sich gefunden, ihre Gefühle sie geleitet. Sie hatten einander endlich wieder und genossen die vertraute Zärtlichkeit. Von nun an konnten sie ihre Zuneigung zueinander offen zeigen. Mit diesem Moment konnte ihrer gemeinsamen Zukunft keiner mehr im Wege sein.